KB013054

고인돌에서
인공지능까지

고인돌에서
인공지능까지

● 김석환 지음 ●

산지니

조선시대의 '남도(南道)'는 '왕궁이 있는 경기 이남'을 총칭하는 단어였다. 서울에서 충청도·경상도·전라도로 가는 길을 삼남대로(三南大路)로 표현해왔던 것도 그렇고, 시인 황동규가 전봉준을 소재로 쓴 「삼남에 내리는 눈」의 용례도 그렇다.

지금은 남도라고 하면 호남, 그 가운데서도 주로 '광주·전남'지역을 일컫는다. 남도는 대부분이 넓은 평야지대로, 농업국가였던 고려와 조선의 국가 재정을 튼실하게 지탱해왔다. 임진왜란 때에는 국토의 마지막 간성(干城)이었다. 명량해전 이후 이순신 장군의 표현을 빌리면 '호남이 없었다면 국가도 없었(若無湖南 是無國家)'던 것이다.

지금의 남도를 기준으로 이야기하면 남도의 중심은 오랫동안 나주였다. 1018년, 고려 현종은 전주와 나주의 이름을 따서 '전라도(全羅道)'라는 행정구역명을 처음 만든다. 경주와 상주를 딴 '경상도(慶尙道)'보다 296년 전의 일이었다.

나주와 인접한 화순에는 세계 최대 규모의 고인돌 유적지가 있다. 이는 대략 3천여 년 전 만들어진 것으로 모두 597기가 확인되는데, 가장 큰 것은 무려 280여 톤에 이른다. 고인돌을 축조할 당시에도 그랬지만 인류의 역사는 대부분 '확장'의 역사였다고 해도 과언이 아니다.

사람과 공간과 자원을 확보하는 것이 곧 국가의 성장과 발전으로 간주되었다. 대서양 연안에서 시작한 미국이 태평양 연안으로 영토를 넓히고, 제국주의 국가들이 앞다투어 식민지를 건설해 나간 것이 그 예이다. 인구를 늘리고 길을 확장하고 땅을 넓히면서 인류는 '문명'을 만들어왔다.

1876년 2월 전화의 등장 이후 인류는 눈에 보이지 않는 새로운 영역과 '연결'의 의미, 이른바 '네트워크 효과'에 대해 눈을 뜨게 된다. 1969년 인터넷의 등장으로 연결의 범위는 더욱 확대된다. 1993년 클린턴행정부의 부통령이었던 앨 고어가 '정보고속도로(Information Superhighway)'라는 표현을 처음 쓴 것도 이같은 개념의 연장이다.

'연결'은 이제 '초연결'을 지향한다. 한국이 세계 최초로 상용화에 성공한 5G의 3대 특성 중 하나가 바로 '초연결'이다. 사람과 사람 간의 연결에서 이제는 사람과 사물, 사물과 사물 간의 연결로 이어진다. 스마트시티도 자율주행차도 모바일페이도 화상 수업도 사물과 사물 간의 '연결'을 통해야만 가능하다.

최근 미중 간 갈등은 이 같은 '초연결' 세상의 주도권 다툼이다. '초연결'된 플랫폼을 통해 빅데이터들이 5G망으로 '초고속' 전송되고 이를 인공지능이 분석·대응하는 세상을 선점하기 위한 것이다. 미국 측 기업의 대표가 이른바 GAFA로 불리는 구글(Google), 아마존(Amazon), 페이스북(Facebook), 애플(Apple)이라면, 중국 측 선수는 BATH, 즉 바이두(Baidu), 알리바바(Alibaba), 텐센트(Tencent), 화웨이(Huawei) 등으로 대표된다.

1993년 스필버그 감독의 영화 〈쥐라기 공원〉에서 수학자 말콤은 "베이징의 나비 한 마리가 날갯짓을 하면 화창했던 뉴욕 센트럴파크에 비가 내릴 수 있다"라고 이야기한다. 이는 세계가 하나의 세상으로 연결되어 있기 때문에 가능한 주장으로, '1963년 발표된 기상학자 로렌츠의 카오스이론에서 유래한다. 모든 것이 연결되는 '초연결(hyper-connected)'의 4차 산업혁명 시대에는 이러한 나비효과(butterfly effect)가 일상적으로 나타날 수도 있다.

최근 '코로나19' 사태는 가장 극단적이고 부정적인 '초연결'의 사례이다. '코로나19'는 인류 역사상 처음으로 전 세계 모든 국가가 동시에 치르고 있는 일제고사이다. 이 과정에서 각 국가 거버넌스 시스템이나 시민의식 등의 민낯이 그대로 드러나고 있다.

하루 최대 6만 명 이상의 확진자가 발생한 미국은 사망자의 시신을 처리할 곳이 없어 냉장 컨테이너에 실어 옮기는 모습까지 보였다. 영국 BBC는 4월 초 의료진들이 쓰레기봉투를 뒤집어쓰고 기한이 10년 지난 마스크를 사용해가며 환자 진료를 하고 있다고 보도했다. 일본은 코로나 환자 집계를 팩스로 받아 처리할 정도였다. 오랫동안 한반도의 모델이었던 중국의 대응은 도시의 완전봉쇄(lock down)였다.

2020년 6월 말 기준 전 세계의 코로나 환자는 1천만 명을 넘었다. 앞으로의 세계는 BC(Before Corona)와 AC(After Corona)로 나뉠 거라는 〈뉴욕 타임스〉 칼럼니스트인 프리드먼의 말이 결코 과언이 아닌 것이다. 코로나 이후의 세상은 그 이전과는 확연히 달라질 것이다. '언택트(untact) 사회'는 이제 새로운 일상이 될 수밖에 없다. 고립된 삶이 아니라 온라인에서의 연결이 메인이 되는 것이다. 그래서 '언택트(untact)'의 다른 말은 '디지털 컨택트(Digital Contact)'가 될 수밖에 없다. 교육이나 의료, 상거래, 회의, 일상적인 업무처리 등 많은 부분이 디지털 연결을 통해서 이루어지는 세상이 되는 것이다.

지금까지 인류의 역사의 발전 방향이 '확장'에서 '연결'로였다면 '코로나19' 이후 언택트 세상의 핵심가치는 이제는 '신뢰'가 될 것이라고 생각한다. 디지털 연결이 메인인 상황에서 상대에 대한, 서비스에 대한, 거버넌스 시스템에 대한 신뢰가 없으면 일적인 생활조차 이루어질 수 없다.

한국인터넷진흥원은 '언택트 사회' 각 단계별 과정에서 '디지털 신뢰(Digital Trust)'를 담당하는 공공기관이다. 인터넷에

접속하거나 전자상거래를 하거나 원격회의를 할 때 안전하고 안정적인 서비스가 이루어지도록 하는 곳이라는 의미이다.

한국인터넷진흥원 본원은 전남 나주에 있다. 이 책의 주내용은 남도에서 만난 사연과 풍경, ICT 한국과 남도에서 바라본 '레거시 미디어' 등에 대한 간단한 소회이다. 근대화 과정에 대한 개인적인 관심에 일본의 수출규제조치까지 겹치면서, 많은 부분을 일본과 관련된 내용이 차지하게 되었다. 일본을 다시 들여다보면서 3차 산업혁명 시기의 '개선'과 4차산업혁명 시기의 '혁신'에 대한 이해도 새롭게 하게 되었다.

일본 신칸센에는 세계 최고 성능의 개찰구가 있다. 티켓이 더럽혀져도, 거꾸로 넣어도, 한꺼번에 몇 장씩 넣어도 판독이 된다. 한국은 어떨까? 개찰구를 아예 없앴다. 기차를 타면 차장들이 태블릿을 들고 왔다 갔다 하며 부정승차를 확인하는 정도이다. 한국의 은행에서는 사인만으로 통장 개설이 가능하다. 기업이나 기관들에서는 아예 종이 문서를 보기 어렵고 전자결재로 업무를 처리한다. 일본은 아직도 대부분 도장을 요구한다. 오죽하면 히타치가 인공지능으로 서류의 직인란을 파악해 자동으로 도장을 찍어주는 로봇을 내놓을 정도일까. 일본의 '개선'이 아날로그시대의 선형(linear) 방식이라면 한국의 '혁신'은 디지털시대의 비선형(non-linear) 방식이다.

제조업 중심의 3차 산업시대의 필요한 재능이 '개선'이었다면 4차산업혁명의 키워드는 '혁신'이다. 여기에 가장 어울리는 민족이 한국인이다.

　오랫동안 한국은 '선진국 혹은 강대국 따라 배우기'가 국시였던 국가였다. 근대 이전 한반도를 지배해온 철학은 이른바 '중화중심주의'였다. 그래서 조선은 명이 망한 뒤에도 유교적 문명질서를 지키는 '소중화'를 표방해왔다. 그러나 일본의 영향력이 커지면서 한국은 '일본식 버전의 근대' 질서에 강제 편입된다. 청나라를 통해서 수입할 때는 '민국(民國)'으로 소개되던 'Republic'이 일본풍의 '공화국(共和國)'으로 바뀐 것처럼 한국의 기준이나 롤 모델은 일본이 되었다. 철도나 병원 같은 근대적 문물들은 물론 사회적 제도, 심지어는 '정치', '경제', '선거' 같은 사회과학적 용어들도 일본을 통해 이식되었다. 조선의 지식인들은 자연의 진화과정에서 우월한 종이 열등한 종을 누르는 것처럼 '사회적 진화론'에 따라 미개한 조선이 다른 나라의 지배를 받는 것을 당연한 것으로 받아들였다. 그랬던 한국이 '코로나19'라는 세계 동시시험을 치르면서 이제 새로운 롤 모델로 부상하고 있는 것이다.

　1950년대, 한국의 민주주의는 쓰레기통에서 장미꽃이 피기를 바라는 것과 같다'라는 영국 〈타임스〉의 조롱까지 받았다. 세계 최고의 경제 분야 권위지로 꼽히는 영국의 〈이코노미스트〉는 문재인정부 출범 이후 최근 3년 연속으로 한국의 민주화지수를 일본과 미국보다 높게 평가하고 있다. 2019년 한국은 1인당 국민소득 3만 달러, 인구 5천만 명 이상의 '30-50클럽'에 세계 일곱 번째로 이름을 올렸다. 경제 규모도 세계 11위이다. 극동(Far East)의 작은 나라 한국은 손흥민의 나라, BTS와 영화 〈기생충〉의 나라, 휴대폰 잘 만드는 나라에서 이제는 민주적이면서 성숙한 공동체 의식을 가진 나라로 인식되고 있다. '선진국'들이 앞다투어 한국의 의료시스템을 배우겠다는 것을 보면서 19세기 이후의 '서세동점(西勢東漸)'과 '오리엔탈리즘(Orientalism)'의 시대가 끝나고 '문명사의 대전환'이 시작된 것이 아닌가 하는 생각이 들었다.

우리는, 100년 전 조선인들은 상상조차 할 수 없었던, 한국이 AC(After Corona) 시대 세계의 표준이 되어가는 것을 보고 있는지도 모른다. ICT 기술의 발달과 민주적 정부, 성숙한 시민의식이 결합한 새로운 '국가사회' 모델의 출범 말이다.

몇 권의 책을 내면서 한 번도 감사 인사를 하지 못했던 가족들과 산지니 출판사 박정은 편집팀장을 비롯한 모든 분께 고맙다는 말씀을 드린다.

차례

2부 — 남도에서 만난 풍경들

3부 — ICT 세상에는 '지방(地方)'이 없다

4부 — 이식된 근대, 제거된 불온

5부 — 남도에서 '레거시 미디어'를 읽다

1부

남도에서

만난

사연들

천자문과 두 거인의 겸손

4월 27일 판문점에서는 남북정상회담이 열렸다. 이때 문재인 대통령이 판문점에서 북한 쪽 경계 표석을 잠시 넘은 것을 두고 국가보안법 위반이라고 하는 사람들이 있다. 1948년 제정돼 2018년 현재 70년째 이어지고 있는, 서슬 퍼런 국가보안법(국보법)의 그늘이 과연 크긴 큰 모양이다. 북한 쪽 경계를 넘어간 것이 국보법 위반이라면 북한을 방문했던 김대중, 노무현 전 대통령도 국보법 위반이라고 해야 할까. 그렇다면 1972년 이후락 중앙정보부장을 북한에 밀사로 보낸 박정희 전 대통령도 당연히 국가보안법을 위반했다고 볼 수 있다.

전남 영암은 낙지와 왕인박사 출생지로 유명한 곳으로, 김대중, 노무현 두 분의 알려지지 않은 미담도 함께한다. 왕인박사는 백제 근초고왕(3세기) 때 일본에 '천자문'과 '논어' 등 선진문화를 전수했다고 알려져 있다. 『삼국사기』 같은 한국 역사서에는 기록이 없고 『고사기(古事記)』 등 일본 고대 역사서에만 등장한다. 이 설화를 배경으로 전남 영암군은 '왕인역사공원'을 조성하고 천자문 조각품을 만들어 세웠다. 천자문은 '천지현황(天地玄黃)' 네 글자로 시작해 모두 천 개의 글자로 구성되어 있는 한자(漢字) 학습용 입문서이다.

영암군은 한·중·일 3개국 명사 1천 명의 글씨로 '천인천자문(千人千字文)' 상징 조형물을 만들기로 하고, 2007년 김대중 전 대통령에게 천자문의 첫 글자인 하늘 '천(天)'을 써달라고 요청했다. 그러자 김대중 전 대통령은 첫 글자는 현직 대통령이 쓰는 게 도리라면서 자신은 두 번째 글자인 '지(地)'를 쓰겠다고 했다. 하지만 노무현 대통령은 김대중 전 대통령보다 먼저 천 자를 쓰는 것이 부담스러웠는지 바쁘다는 이유로 계속 사양했다. 두 분의 겸양 속에 결국엔 영암군수가 첫 글자를, 영암군의회 의장이 마지막 글자인 어조사 '야(也)'를 썼다. 영암군은 배려와 겸양, 지방자치 존중의 정신이 담긴 이같은 내용을 조형물 조성유래비에 기록해 놓았다.

역사적 연구에 따르면 왕인박사의 고향이라는 영암지역이 백제 땅으로 편입된 것은 근초고왕 때보다 150여 년 뒤인 무령왕 시기이고 일본에 천자문을 전했다는 때도 중국에서 천자문이 만들어지기 전이어서 현실과 맞지 않는 부분이 많다고 한다. 그래서 왕인박사는 실존인물이라기보다는 여러 백제계 도래인의 업적을 묶어 일본 쪽에서 만들어낸 가공인물일 가능성이 높다고 한다. 어쨌든 왕인역사공원은 천자문 상징 조형물을 통해 한반도 평화와 남과 북의 화해를 꿈꾸었던 두 거인의 겸손을 보여준다. 그들이 있었기에 4월 27일 판문점 회담도 가능했다.

판문점 남북정상회담으로 휴전 이후 전쟁 가능성이 가장 낮아진 4월이다. 도보다리 회담 다음 날인 4월 28일 한 신문의 기사 제목은 이렇다.

"文을 좋아하든, 싫어하든, 관심이 없든 2018년의 우리는 그에게 빚을 졌다"

사진은 그 화창하고 따뜻한 봄날, 영암 왕인박사 기념관의 천자문 상징 조형물이다. (2018년 4월 29일)

오래된 미래, '39-17 마중'

나주는 고려와 조선시대에 걸쳐 전국에서 가장 많은 세금을 내던 부유한 고을이었다. 그래서 자칭 '천년웅도(千年雄都)'라 하여, 나름 대단한 자부심을 나타내는 유서 깊은 고도(古都)이다. 나주를 본관으로 한 성씨는 55개로, 현재의 나주시역 내인 남평, 반남, 회진 등과 나주의 옛 이름인 금성(錦城)을 관향으로 한 성씨까지 포함하면 전국에서 가장 많은 본관을 가진 지역이라고 한다.

동학운동이 한창 위세를 떨칠 때도 동학혁명군은 호남에서 유일하게 나주성에 발을 들이지 못했다. 1894년 음력 4월 27일 전주성을 함락시키고 호남 전역을 손에 넣은 동학농민군은 나주성 주변을 포위한다. 그때부터 연말까지 나주성과 인근에서는 수천 명이 죽고 죽이는, 여섯 차례의 치열한 전투가 벌어진다. '하얀 구름 떼'처럼 몰려왔던 동학군은 총 3천여 명이 죽었는데, 날이 궂으면 '흰 옷 입은 사람들'이 동네 할머니들에게 보였다고 전해질 정도였다. 그때 나주성전투를 지휘하고 성을 지켜낸 총수비대장은 정석진이라는 이름의 호장(戶長, 향리직의 우두머리)이었다.

조선시대에는 아전에 대한 공식적인 급여가 없었다. 가을 걷이할 때나 환곡 받을 때 적당히 알아서 하라는 게 조선의 정책이었다. 그래서 지주의 횡포와 아전들의 수탈에 시달리던 백성들은 민란이 일어나면 성이 함락되기도 전에 먼저 성문을 여는 경우도 많았다. 그 가운데서도 호남의 아전들은 악명이 높았다. 대원군은 호서(湖西)의 사대부, 관서(關西)의 기생, 호남(湖南)의 아전을 나라의 세 가지 큰 폐단으로 꼽을 정도였다. 그런 면에서 보면 호장이면서 총수비대장을 맡았던 정석진은 지역에서는 대단한 인망을 얻고 있었던 것으로 보인다.

우금치에서 대패한 전봉준은 1894년 12월 순창 피노리에서 체포된 뒤 나주로 압송돼 서울로 이송되기까지 한 달여를 나주 감옥에서 보낸다. 2011년 발굴된 당시 일본군 병사의 '종군일기(從軍日記)'는 그 무렵 나주 상황을 이렇게 묘사했다. '나주성 남문 밖에 버려진 시신이 680구에 달했다. 근방은 악취가 진동했고 땅은 하얗게 사람 기름으로 얼어붙었다.'

동학혁명이 실패로 끝난 뒤 정석진은 아전임에도 불구하고 무려 6단계를 건너뛰어 양반들만 역할을 맡았던 해남군수로 특별 승진된다. 그러나 그는 다음 해인 1896년 8월, 민비 시해와 단발령 반포 때 의병을 일으켰다가 실패하고 자신이 지켜냈던 나주성으로 끌려와 참수된다.

그 손자가 1939년 자신의 어머니, 그러니까 정석진의 딸을 위해 서양식, 일본식, 조선식이 절충된, 혹은 혼합된 집을 지었다. 당시 전남지역에 한 명밖에 없던 건축사가 설계했다고 전해진다. 전체적인 분위기는 일본풍이지만 내부는 한옥처럼 창호 문을 달고 구들장을 놓았다. 건물의 2/3는 나무, 나머지는 벽돌로 지은 양옥이다.

이 집은 2017년 다목적 문화공간으로 변모했다. 마당에는 오래된 은행나무와 금목서가 연륜을 자랑하고 있고, 전국에서 가장 큰 향교인 나주향교와는 담 하나를 사이에 두고 있다.

왕실에 대한 충성과 평등, 새 세상에 대한 갈망이 부딪치면서 비장한 죽음으로 마지막을 맞은 사내들. '39-17 마중'은 그런 이야기가 남아 있는, 오래된 그러나 새로운 공간이다. 이 오래된 새집에서는 판소리뿐 아니라 재즈 등 문화공연이 열리기도 한다. 이곳은 앞으로도 '오래된 미래'를 만들어나갈 수 있을까. (2018년 9월 2일)

꽃이 피면 잎은 지고
─이루어질 수 없는 사랑

상사화는 요즘이 한창이다. 상사화(相思花)는 꽃이 필 때는 잎이 없고 잎이 자랄 때는 꽃이 피지 않아 서로 그리워한다고 해서 붙여진 이름이다. '상사병' 할 때의 그 상사다.

꽃말도 당연히 '이루어질 수 없는 사랑'이다. 꽃무릇이 정확한 명칭이긴 하지만 애틋한 이미지 때문인지 다들 그냥 상사화로 부르는 모양이다. 이 계절, 한국에서는 동시에 이루어질 수 없는 것에 대한 요구나 욕망이 너무 드세다.

한 트위트리언은 이렇게 풍자한다.

"집값은 떨어져야 하는데 내 집값은 올라야 하고, 강남 투기 열풍은 잡아야 하는데 나는 강남집을 사야 하고, 비정규직은 차별하지 말아야 하는데 내 자식은 정규직이어야 하고, 중소기업은 키워야 하는데 나는 대기업에 다녀야 하고, 최저임금은 오르면 안 되는데 내 월급은 올라야 하고."

공적 이익과 사적 이해의 충돌이 극명하게 드러나는 문장이다. 그러다 보니 18억 원 이상 아파트에 살면서 내야 하는 연간 보유세가 하루에 한 갑씩 지속적으로 피우는 애연가의 담배세보다 적은 데도 세금폭탄 때문에 빚내서 세금 내야 하느냐고 아우성인 사람도 있다.

천민자본주의의 전형적인 모습이다. 고액 아파트 보유세를 내는 가구는 전체 가구의 1.6% 정도에 불과하다고 한다. '엘리트가 적폐냐?'라고 했던 슬로건은 이들 상위 1.6%로부터 비롯된 것 같다.

전수 조사에서는 안정적 일자리인 상용근로자의 증가 폭이 뚜렷한데도, 취업자 증가 폭이 감소한 표본조사가 더 정확하다고 주장하는 집단도 있다. 일자리의 질이 개선되고 있는데도 그런 주장을 한다. 어차피 사실이 아니라 주장이 중요한 것이니까. 그래서 퓰리처상을 수상한, 미치코 가쿠타니는 『진실 따위는 중요하지 않다-거짓과 혐오는 어떻게 일상이 되었나』를 썼던 것이겠지.

상사화는 절집에 많이 심는다. 인연과 인과를 보여주는 꽃이기도 하지만 방부효과가 있어 단청이나 목재 건물 보호에도 도움이 된다고 한다. 상사화 연작시를 쓰고 있는 정형택 시인은 「상사화 6」첫 구절에서 이렇게 노래한다.

꽃이 되고 싶다
꼭 한 가지 꽃이 되고 싶다.
천 년을 딱 한 사람만 기다리는
그런 사랑의 꽃이고 싶다.

꽃과 잎이 만나기 위해 천 년을 기다려야 하는, 이루어질 수 없는 사랑의 꽃만큼이나 이 땅에서는 '기회의 평등, 과정의 공정, 결과의 정의'를 기대하기가 어려운 것일까?

(2018년 9월 16일)

벼슬 팔아 집안일에 쓴 고종

국방 사이버안보 콘퍼런스 행사 때문에 서울 웨스턴조선호텔에 간 김에 잠시 호텔 후원의 환구단(圜丘壇)에 들렀다. 고종은 민비가 일본에 의해 살해당한 뒤 러시아대사관으로 피신한다. 그리고, 1년 뒤 대궐로 다시 돌아오면서 하늘에 제사를 지내는 환구단을 건립하고 여기에서 대한제국을 선포하며, 황제로 즉위한다. 1897년의 일이다. 본래 이곳은 청나라 사신을 맞이하던 남별궁터였다. 황제 즉위 2년 뒤 고종은 '황궁우(皇穹宇)'라는 부속건물을 세우고 다시 2년 뒤에는 즉위 40주년을 기념해 석고단(石鼓壇)을 세운다.

드라마 〈미스터 션샤인〉에서 고종은 은밀히 의병들을 지원하는 의식 있는 군주로, 밀사를 보내기도 하는 등 제법 멋지게 묘사된다. 고종이 지키려고 했던 것은 국가였을까? 로열 패밀리였을까? 고종 재위 기간 대부분 왕실과 조선의 재정은 분리되지 않고 운영되었다. 고종은 왕실에 필요한 각종 비용을 충당하기 위해 벼슬자리를 팔아 돈을 만드는 데 망설이지 않았다. 황현의 『매천야록(梅泉野錄)』에는 관찰사는 10만 ~20만 냥, 일급지 수령은 5만 냥이라는 벼슬자리의 가격까지

적혀 있을 정도이다. 고종과 외사촌 간으로 민씨 집안의 실세였던 민영환이 어머니가 고종과 민비에게 돈을 바쳐 벼슬자리를 얻어냈다는 기록도 있다. 너무 많이 팔아서 요즘 식으로 하면 '오버 부킹'이 되는 바람에 벼슬자리 재임 기간은 몇 개월이 고작이었다. 돈 주고 한자리 차지한 사람들은 본전 뽑기에 바빴다. 너무 심하게 수탈하는 바람에 동학혁명을 야기한 고부군수 조병갑만 나무랄 일은 아니었던 것이다.

1901년 11월 고종은 당시의 유명한 역술인 정환덕을 불러 들인다.

"한양에 도읍을 정할 때 500년으로 한정했고 종묘의 정문 이름을 창엽(蒼葉)이라 썼다. 창(蒼)이라는 글자는 이십팔군(二十八君)을, 엽(葉)이라는 글자는 이십세(二十世)를 형상한 듯하다. 국가의 꽉 막힌 운수가 과연 이와 같은가?"

고종은 자기 대에서 조선왕조가 멸망할 것인지 아닌지를 물은 것이다. 조선 후기에는 왕조의 수명이 500년 정도이며, 이성계의 이십 세손이거나 28대 임금 때에 망한다는 예언이 돌아다녔다.

"폐하의 운수로는 정유년(1897)부터 11년이라는 한계가 있습니다. 이 운수는 모면하지 못할 것입니다." 정환덕은 1907년까지는 고종이 황제 자리를 유지할 수 있다고 말했다.

"그렇다면 혹 기도한다면 꽉 막힌 운수를 피할 수 있는가?"

"인재를 얻는 방법밖에는 없습니다."(박성수, 『남가몽: 조선

최후의 48년』, 왕의서재, 2008)

고종은 열강들 사이에서 명분 없는 줄타기를 할 때마다 많은 대신을 죽였다. 그래서 이미 주변에는 대신을 시킬 정도의 역량 있는 사람이 없었다.

일제는 조선을 식민지로 만든 뒤 환구단을 없애고 그 옆에 1913년 철도 호텔을 짓는다. 창경궁을 헐어 동물원을 만드는 것과 같은 콘셉트의 조선왕실 지우기 정책이었다. 이로 인해 상당한 면적의 환구단은 없어지고, 지금은 황궁우와 석고단만 주변의 고층 빌딩에 포위되어 웨스턴조선호텔의 정원처럼 남아 있다. 그런 고종 시대로부터 우리는 얼마나 멀리 온 것일까?

미국의 이익을 대변하지 않는다고 정부를 비난하는 검은 머리 미국인들도 여전히 많은 것 같고, 대책 없이 흰소리를 늘어놓는 먹물, 자칭 전문가들도 여전히 활개를 치고 있다.

나라 대신 패밀리의 이익을 더 중요하게 생각하는 사람들도 여전히 넘쳐난다. 실력양성 대신 무게만 잡았던 증거인 환구단은 공동체의 이익보다 패밀리나 기득권층의 사익을 먼저 생각할 경우 어떤 비극이 올 수 있는가를 보여주는 슬픈 사례이다. (2018년 11월 9일)

너무 쉽게 잊힌 사람들

올해가 벌써 3.1운동 100주년이다. 3.1만세운동 이후 불과 한 달여 만인 1919년 4월 13일 중국 상하이에 임시정부가 수립되었다. 여기에는 몇 가지 주목할 포인트가 있다.

첫째는 고종의 죽음으로 촉발된 만세운동이었고, 왕족들 가운데 누구도 조선을 벗어나지 못해 구심점이 없는 데도 망한 왕조를 복벽(復辟)해야 한다는 소리가 일절 나오지 않았다는 점이다. 상하이에 모인 독립운동가들은 왕조의 부활 대신 '대한민국 임시정부'의 정치체제는 '민주공화정'이라고 선포했다. 조선이 망한 지 10년이 채 되지 않았는데도 그랬다.

다음은 일제가 독립운동은 '상놈'들이나 하는 짓이라고 선동한 후, 대부분의 양반이 돈과 훈작으로 일제식민체제에 편입되었음에도 상하이에 모인 독립운동가들은 '반상(班常)'을 따지지 않았다는 점이다. 그로부터 불과 20~30년 전 의병전쟁에서만 해도 평민의병장들이 건방지고 명령에 제대로 따르지 않는다며 처형해, 패배를 자초했던 사람들이었는데도 그랬다. 당시 다른 거물들에 비해 학식이나 지명도가 떨어졌던 김구는 자청해 경비업무를 맡았는데 안창호는 '경무국장'이라는 이름을 붙여 그를 격려했다.『백범일지』에서 '문지기' 이야기는 단순한 겸양만은 아니었던 것이다. 그런 김구가 임정의 중심이 된 것은 1932년 윤봉길 의거 이후부터이다.

세 번째로는 연해주를 기반으로 했던 사회주의자 이동휘 무리까지 함께한 좌우합작이라는 점이다. 이들 독립운동가들은 사무실을 숙소로 삼고 식사는 쓰레기통에 있는 음식물을 찾아 끼니를 이어갈 정도로, 최하층 중국인 노동자보다 궁핍한 삶을 이어갔다. 그런 어려움 속에서 독립운동을 했음에도, 이들은 1945년 귀국 때 일부 국내 토호들로부터 '거지' 취급을 받았다.

지금도 임시정부 수립을 대한민국 건국이라고 볼 수 없다는 의견이 있다. 1945년 '광복절' 대신 1948년 '건국절'을 대한민국 탄생으로 기념해야 한다는 주장이 바로 그것이다. 국가는 '영토'와 '주권적 지배권', '물리적 강제력'이 있어야 하는데, 임시정부는 이들 요소를 갖추지 못했기 때문이라고 한다. 그런 형식적 논리라면 한민족이 이미 단군의 후손인 단일민족도 아니고 단군왕검의 존재를 증명할 수도 없는데 왜 우리는 '개천절'을 공휴일로 기념하는 것일까?

사실 이런 문제는 정치의 영역인 동시에 사회적 합의와 공감의 문제이기도 하다. 광복절 대신 1948년 건국절을 공휴일로 지정하고 기념하면, 8.15 때마다 '독립유공자' 대신 '건국유공자'를 기리게 된다. 그러면 친일파와 그 후손들 가운데 상당수가 존경받는 건국유공자로 말끔하게 신분을 세탁할 수 있게 된다.

그래서 조지 오웰은 소설 『1984』에서 이렇게 이야기한다. "현재를 지배하는 자가 과거를 지배하고 과거를 지배하는 자가 미래를 지배한다."

조지 오웰은 박근혜정부 때 국정교과서 파동이 왜 일어났는지를 간단명료하게 설명해준다.

전남 함평 일강 김철 선생 생가에는 상하이 임시정부청사 기념관이 복원되어 있다. 일본 메이지대학에서 유학한 김철 선생은 천 석이나 되는 재산을 팔아 독립운동에 보탰고 임시정부 출범 때 초대 재무장(재무부장관)을 지냈다. 중국으로 함께 가지 못했던 부인은 일본 경찰의 사찰이 심해지자 남편의 독립운동에 방해가 되지 않도록 자택 뒤쪽 소나무에 목을 매어 자결을 했다고 한다. 김철 선생은 1934년 중국 항주에서 사망한다. 항주 무덤터는 지금은 아파트로 변했고, 선생은 '함평천지' 고향에 한 줌 흙으로 돌아왔다. 우리는 너무 쉽게 이들을 잊고 있는 것이 아닐까? (2019년 2월 16일)

미망(迷妄)을 끊어야만
건널 수 있는 곳

　조그마한 섬 하나가 온전히 절 한 채인 곳이 있다. '시절인연'처럼 때가 맞아야만 갈 수 있는 곳이 있다. 바람과 파도가 길을 만들고, 바람과 파도가 그 길을 다시 거두어들이는 곳이다.

　허무를 느끼고 끊어진 물길에 자신을 유폐시켜 스스로 진리를 찾을 수 있도록 하는 절이 있다. 스승은 제자에게 "더 이상 배울 것이 없다"라고 했고 제자는 "배운 것이 없다"라고 했다는, 그래서 법명이 무학(無學)인 스님이 처음 세운 절, 바로 간월암(看月庵)이다. 밤이 되면 달빛만 절 마당에 쌓이는 곳, 달빛에 본래 마음을 비춰볼 수 있는 그곳에서 성철(性徹) 스님은 30대 시절을 용맹정진하며 2년을 보냈다. 당시 주석하고 있던 만공(滿空) 스님은 성철에게 낮에는 "바다나 보고 가게", 밤에는 "달이나 보고 가게"라고 일렀다 한다.

　간월암은 충남 서산 천수만 북쪽에 붙어 있는 작은 절이다. 미망을 끊어야만 건널 수 있는 곳이라 해서 피안사(彼岸寺)로도 불렸고 물 위에 떠 있는 연꽃과 비슷하다 해서 연화대(蓮花臺)라고도 불렸다. 폐사가 된 간월암을 되살려 낸 것은 일제강점기 시절 만공선사였다.

만공선사(1871~1946)는 한국 선불교를 잇는 고승으로 만해 한용운과 절친한 사이였다. 특히 1937년에는 대처육식(帶妻肉食)의 일본식 불교를 강요하는 조선총독을 앞에 두고, "전임 데라우치 총독은 우리 불교를 망친 인물로 큰 죄악을 저질렀으니 무간 아비지옥에 떨어졌을 것이다"라고 호통을 치기도 했다. 일제강점기 독립운동의 후원과 관련한 여러 가지 이야기가 전해오기도 한다.

그럼에도 만공선사는 독립운동 유공자로 선정되지는 않았다. 독립운동 자금을 지원하고 받은 영수증 같은 문서나 재판 기록 같은 근거가 없기 때문이다. 하지만 법명처럼 일체가 공(空)인 만공선사가 그런 것들에 연연해하지는 않았을 것이다. 만공의 선풍(禪風)은 '소리에 놀라지 않는 사자와 같이, 그물에 걸리지 않는 바람과 같이, 흙탕물에 더럽혀지지 않는 연꽃과 같이 무소의 뿔처럼 혼자서 가는(숫타니파타경)' 것이었다.

행장(行狀)은 1946년 그의 입적을 이렇게 기록한다.

"말년에 덕숭산 동편 산정에 한 칸 띠집을 지어 전월사(轉月舍)라 이름하고 홀로 둥근 달을 굴리시다가 어느 날 목욕 단좌한 후 거울에 비친 자기 모습을 보고, '자네와 내가 이제 이별할 인연이 다 되었네 그려' 하고 껄껄 웃고 문득 입적하니 때는 병술년 시월 20일이었다."

2019년 올해는 벌써 3.1운동 백 주년이다. 그럼에도 만주에서 독립군을 토벌하던 친일장군들이 버젓이 현충원에 모셔져 있다. 이제는 그런 것 그만 이야기하자고 주장하는 사람이 점점 많아지고 있다는 것은 더 가슴 아픈 현실이다.

애국이나 독립은 물때 맞아야 갈 수 있는 사진 속의 간월암처럼 이제 기념일에만 돌아보는 이벤트가 된 것 같기도 하다.

(2019년 3월 2일)

매화는 추위에 떨어도 향기를 팔지 않는다

한때 잘나갔던 사람들이 노인이 되면 유독 두드러지는 현상이 있다. 고집이 세어지고, 자기중심적으로 변하고, 귀가 여려지고, 사소한 일에도 잘 삐치는 것이다. 또 외로움을 많이 타고, 소외되거나 잊히는 것을 두려워한다. 이런 것들이 '노인증(老人症)'의 전형적인 증세이다.

기업의 오너들은 노인증이 발생해도 문제가 없다. 기업에 대한 성과보다는, 자신에게 입안의 혀처럼 구는 것을 능력으로 보고 편애한다고 해도 어차피 그는 '오너'니까. 예전 한보의 정태수 회장이 사장이나 임원들을 두고, 모두 '머슴'이라 한 것도 그런 까닭이다.

그런데 문제는 고위 관료로 지냈거나 나름 학계의 전문가로 폼을 잡고 살았던 사람들이다. 영원히 충성을 받는 오너들과는 달리 그들에게는 예전처럼 대우하여 찾는 사람들이 거의 없다. 그래도 한때는 '내가 누군데' 하면서 이쪽이든 저쪽이든 날렸던 시절이 있었는데. 그래서 그들은 어디서든 불러만 주면 고마워하고, 기회만 있으면 빛바랜 옛날이야기를 늘어놓는다.

SNS로 소통을 하고 팟캐스트와 유튜브를 통해 정보공유를 하며 블록체인을 통해서 투표하는 세상에도 여전히 정당민주주의와 내각제만이 민주주의인 것처럼 주장하기도 한다. 또 한편에서는, 레이건 시절에 세금을 낮춰서 경기를 부양하던 '래퍼이론(Laffer Theory)'은 이미 본토에서도 파산선고를 받았는데 한국에서는 여전히 금과옥조처럼 받든다. 자신들이 사회적으로 잘나가던 시절의 담론들이니까. 그래서 현실이 자신들의 이론과 다르면 현실이 틀렸다고, 정책을 담당하는 정부가 틀렸다고 주장한다. 요즘 언론에 부쩍 등장해 정부정책 비판에 앞장서는 사람들을 보니 이미 현장 떠난 지 오래인 전직 고위관료와 명예교수들이 유독 많아서 하는 말이다.

코르시카의 평민 출신이었던 나폴레옹도 그런 비난을 받았던 적이 있다. 귀족 신분에 따라서 군대 계급이 결정되던 그 시절 오스트리아 군 수뇌부는 나폴레옹을 이렇게 비난한다.

"쟤들은 왜 책에 나오는 대로 싸우지 않지."

세상에 변하지 않는 것은 없다. 가장 보수적 규범인 법(法)은 물 수(水)와 갈 거(去)를 합쳐서 만든 말이다. 이또한 물처럼 흘러서 변할 수밖에 없다는 뜻이다.

전남 승주 선암사에는 천연기념물로 지정된 이른바 선암매(仙巖梅)가 있다. '선암매'는 선암사의 몇백 년 된 매화나무들을 뭉뚱그려 일컫는 이름이다. 선암매에는 흰색의 매화도 있고 분홍의 홍매화도 있다. 봄이 되면 선암사에는 글자 그대로 모든 꽃이 함께 어우러져 피는 백화제방(百花齊放)이자 잡화엄식(雜華嚴飾)의 화엄세상이 열린다. 하지만 선암매도 추정 수령 6백 년의 세월을 이기지는 못하는 듯 요즘 개화시기도 많이 늦고, 꽃도 예전보다 무척 성글게 핀다고 한다. 매화는 이른바 색(色), 형(形), 의(意)를 모두 갖춘 꽃이다. 그럼에도 때가 되면 매화는 훌훌 털고 계절을 따라 떠난다. 우리 삶도 그렇게 떠날 때를 알아야 하지 않을까.

조선 선조 때 문인인 신흠의 시는 이렇다.

桐千年老恒藏曲

오동나무는 천 년을 살아도 제 곡조를 간직하고

梅一生寒不賣香

매화는 일생을 추위에 떨어도 향기를 팔지 않는다

매화 같은 어르신들 보기가 점점 어려워지는 시절이다.

(2019년 3월 23일)

소설『태백산맥』과 국가보안법

남도에서 곧잘 하는 말 중에 '벌교에서 주먹 자랑, 여수에서 돈 자랑, 순천에서 인물 자랑 하지 마라' 하는 표현이 있다.

조정래의 소설『태백산맥』에 인용되면서 일약 전국적으로 유명해진 말이기도 하다. 벌교 인구는 70년대 4만 6천여 명에서 지금은 1만 4천여 명 수준으로 줄었다. 벌교는 주먹 대신 요즘은 '꼬막'과 소설 '태백산맥 거리'로 유명하다.

『태백산맥』은 1983년부터 1989년까지 전남 벌교를 배경으로 조정래가 쓴 총 10권의 대하소설이다. 조정래는 소설을 쓰기 위해 스물다섯 번이나 벌교를 답사했다고 한다. 그래서 『태백산맥』은 허구가 아닌 벌교천과 벌교의 다리와 골목, 집과 거리 등에서 실제 있었던 내용처럼 생생함이 느껴진다.

『태백산맥』은 여순사건에서 한국전쟁에 이르기까지 당시를 살았던 사람들의 이야기이다. 때는, 새로운 나라가 만들어지면서 사상과 이념이 치열하게 부딪치고 많은 사람이 비참하게 혹은 비장하게 죽어나갔던 비극적 시기였다.

'태백산맥문학관'에 가면 사람 키보다 높게 쌓인『태백산맥』육필원고가 방문객을 맞이한다. 조정래는『태백산맥』으로 무려 11년 동안 국가보안법 논란에 시달린다. 이른바 '좌빨' 소설가라는 것이었다. 그는 노무현정부가 들어선 뒤인 2005년, 고발당한 지 11년만에야 국가보안법 무혐의 판단을 받는다. 이미 6백만 부가 넘게 팔리고 1999년 문인 백 명이 뽑은 지난 백 년 동안 소설 중에서 '21세기에 남을 10대 작품'에 선정되는 등의 평가가 끝난 다음이었다.

조정래는 국가보안법으로 힘들던 시절의 기록을 다음과 같이 남겼다.

> 막 잠이 들었는데 전화가 요란하게 울려댔다. '조정래, 이 빨갱이 새끼야. 맘 놓고 자질 말어. 우리한테 한번 찍혔다 하면 그 누구도 살아남질 못해. 너도 평생 따라다니며 끝끝내 죽이고 말테니까 명심하고 있어. 그리고 느네 아들놈이 어느 대학에 다니는지 다 알고 있어. 개같은 새끼.'

1996년 5월 21일의 기록이다. 인터넷도 SNS도 없어 '신상털기' 하기가 쉽지 않았던 시절이었다. 미당 서정주도 『태백산맥』은 전형적인 '빨갱이 소설'이라면서 "이런 빨갱이 소설이 거침없이 읽히는 이 사회가 개탄스럽다"라고 말했다.

전화로 위협하던 것에서 더 나아가 요즘은 유튜브 막말 방송까지 심심찮게 볼 수 있다. 그러면서 문제가 되면 "명백한

편파 수사"라고 주장하고, "공포심을 느꼈다면 사과한다"라고 둘러댄다. 실체적 진실과는 상관없이 '좌빨'이라고 생각하는 사람이나 집단에게는 무슨 말이나 행동을 해도 된다는 사고방식이 아직도 없어지지 않은 것이다. 개발연대식의 '너 죽고 나 살기' 사고방식으로 우리는 4차산업혁명을 맞이할 수 있을까?

보성군은 소설 속 벌교의 '남도여관' 부근에 태백산백 거리를 조성하고 현 부자네 집 옆에는 무당 딸 소화의 집을 지었다. 중도 들녘이 내려다보이는 현 부자네 집 2층 누각에서 소작인들을 감시하면서 때로는 기생들을 불러 잔치도 열었다고 한다. 『태백산맥』에서 김범우는 좌도 우도 아닌 합리적 민족주의자로 등장한다. 그의 집만 폐허처럼 남아 있는 것은 그냥 우연일 것이다. (2019년 5월 12일)

문불여장성(文不如長城)

1873년 최익현 등의 상소를 받아들여 고종이 친정을 선언하면서, 흥선대원군의 10년 세도는 끝이 난다. 권좌에서 밀려난 대원군은 전국을 유람하다가 호남 땅을 찾았다. 강화도에서 배를 타고 호남 땅까지 이르렀다고 한다. 그때 대원군은 지금도 회자되는 '호남팔불여(湖南八不如)'라는 호남의 여덟 개 지역에 관한 짧은 여행소감을 남긴다.

곡불여광주(穀不如光州)
-곡식 풍부하기로는 광주만 한 곳이 없다
결불여나주(結不如羅州)
-세금 많이 거두기로는 나주만 한 곳이 없다
여불여제주(女不如濟州)
-여자 많기로는 제주만 한 곳이 없다
문불여장성(文不如長城)
-학문으로는 장성만 한 곳이 없다

그 문불여장성을 대표하는 학자가 조선 인종의 세자 시절 스승인 하서(河西) 김인후(金麟厚)다. 김인후는 퇴계 이황과 동시대 인물로 성균관에서 같이 공부했다고 한다. 그는 인종이 즉위 9개월 만에 세상을 뜨자 다시는 벼슬길에 나서지 않고 성리학에 매진했다.

필암서원은 김인후를 배향하고 있는 곳으로, 유네스코 세계문화유산 등재 예정인 한국의 서원 아홉 곳 가운데 유일하게 호남지역에 있다. 구한말 대원군이 전국의 서원 마흔일곱 곳만 남기고 모두 없앨 때도 살아남은 곳이다. 김인후는 호남유림의 종장(宗匠)인 동시에 시로도 유명하다. 다음은 그의 자연가(自然歌)를 한글로 풀어 쓴 것이다.

청산도 절로절로 자연도 절로절로
산 절로절로 물 절로절로 산수간에 나도 절로절로
이 중에 절로절로 자란 몸이 늙기도 절로절로

장성군은 문불여장성의 이미지를 강화하기 위해 2005년에 시와 글씨, 그림, 어록 등 103점의 작품을 새긴 국내 최대의 조각공원을 만든다. 멀리 장성댐이 내려다보이는 임권택 시네마테크 옆이다. 김인후의 친필 시, 구한말 대원군이 당대 문불여장성의 모델로 생각했던, 노사 기정진(奇正鎭)의 한시, 청백리의 전설적 정승 박수량[그는 비석에 아무것도 쓰지 말라고 유언을 남겨 그의 무덤 앞 비석은 글자가 없는 백비(白碑)이다]의 시, 김춘수의 시「꽃」, 윤두서의「자화상」등이 있다.

4.19 이후인 1960년 10월 '김일성 만세/ 한국 언론자유의 출발은/ 이것을 인정하는 데 있는데…'라는 시를 썼던 불온한 시인 김수영의 대표작「풀」의 시비도 있다. 김수영의 시비를 보고 다시 조각공원 조성 연도를 확인해 보니 역시 참여정부 시절인 2005년이었다. (2019년 6월 2일)

타이포그래피와 문자향서권기

　장기집권과 독재를 하다 보면 독재자는 모든 면에서 자신이 가장 잘 알고 잘한다고 생각하게 된다. 그래서 우매한 백성들을 가르치고 자신의 뜻과 업적을 널리 알리려고 한다. 박정희 대통령의 경우는 그런 성향이 더욱 강해서 스스로를 명필인 줄 알고 대형 기념물마다 자신의 글씨를 남겼다. 전두환도 임기 후반에는 자신이 대한민국 최고의 경제전문가라고 생각했다.

　옛 철권통치 시절 공식적인 주무부서는 내무부였다. 광화문에 있는 그 건물 1층 대형 벽면에는 완공 당시 썼던 박정희 전 대통령의 글이 새겨져 있다. 만연체로 축축 늘어진 글은 무려 87자나 되는데 알고 보면 한 문장이다. 그 긴 글은 맞춤법이 엉망인 비문(非文)이지만 누구도 문제 삼지 않았다. 글씨는 더욱 보아주기 어려울 정도다. 군센 '사령관체'라고 하는 서예가들의 아부도 있었지만, 나는 특히 그의 한글 글씨는 농담으로라도 잘 썼다 하기 어렵다고 생각하는 쪽이다.

　글씨를 평가하는 기준은 여러 가지가 있다. 그런 기준 가운데 하나는 유홍준 교수가 인용해 유명해진 추사 김정희의 '문

자향서권기(文字香書卷氣)'이다. 쉽게 이야기하면 책권깨나 읽어 먹물 든 티가 글씨에서도 팍팍 드러나야 한다는 것이다. 서예 솜씨가 말 그대로 학문에 비례한다면 퇴계 이황이나 율곡 이이 선생이 역대 최고의 명필로 불리고 있어야 할 것이다.

또 다른 기준은 형식적 법도를 따지는 것이다. 운필(運筆)이나 글씨의 결구(結構, 짜임새) 등등이 여기에 해당된다. 스타일에 따라서 안진경체니 조맹부체니 하는 식으로 불린다. 나는 그런 어려운 논리보다는, 타이포그래피처럼 평범한 사람이 보아도 시각적으로 보기 좋은 게 잘 쓴 글씨라고 생각한다. 직접 밥을 짓거나 요리하지 않아도 누구나 맛을 평가할 수 있듯이 글씨도 그런 것이라고 본다.

앞 장의 사진은 1967년 내무부 청사 1층 글씨와 그의 서예 스승으로 알려진 소전 손재형 선생의 글씨들이다. 힘이 물씬 느껴지는 소전의 단직(端直)이라는 한문 글씨는 명품이다. 단직(端直)은 바르고 곧다는 뜻인데 지금은 거의 쓰이지 않는 말이다. 그런 사람을 찾기 어려운 현실 때문일지도 모른다. 강암 송성용 선생이 초의선사가 머물렀던 한 칸 암자를 복원할 때 쓴 '일지암'도 갈필의 붓 맛이 느껴져 개인적으로 좋아하는 작품이다. (2019년 6월 3일)

재벌오너의 3심,
욕심과 의심과 변심

한때 유신사무관(維新事務官)이라는 제도가 있었다. 군에서 소령으로 승진이 어려운 사관학교 출신 대위들을 정부 부처의 5급 공무원으로 특별채용 하던 제도였다. 1977년에서 88년까지 있었던 유신사무관 제도는 안정적 독재를 하고 싶었던 군 출신 대통령들이 군을 다독거리기 위해 도입한 것이었다.

1977년에는 5급 행시 합격자가 134명이었는데 유신사무관 채용은 그에 버금가는 규모인 무려 106명이었다. 공무원 사회에도 군대 문화를 뿌리내리고 싶었던 의도가 강하게 느껴진다. 당시 군대에서 전투하는 것만 배우다 대위로 전역한 이들이 제일 가고 싶어 했던 정부 부처는 내무부와 국세청 등이었다. 경제기획원 같은 곳은 전문성 때문에 아예 욕심을 부리지도 못했다. 이들이 내무부와 국세청을 선호한 것은 힘쓰는 부처이면서 이른바 '조인트'만 까면 된다고 판단했기 때문이었다. 불과 얼마 전까지도 이렇게 아랫사람들 '조인트' 까는 것이 관리자의 능력으로 받아들여졌다.

아직도 그렇게 생각하는 오너들이 많다. 특히 지역의 대기업 오너들은 더하다. 이들은 지역의 경제단체, 사회단체 등 각종 자리를 독차지하면서 지역 내에서 왕처럼 군림한다.

지역의 대기업 오너들의 돈 버는 방법은 대부분 단순하다. 1)자치단체와 정치인을 움직여 공단을 조성해 특혜분양을 받고 기존 공장부지는 아파트 용지로 판다 2)개발정보를 미리 입수해 땅을 사서 부동산 개발로 이익을 극대화한다 3)실세 정치인을 등에 업고 이권에 개입한다 4)직원을 내보내고 인건비를 줄이는 것이 최고 경영이라고 생각한다 등이다.

지역의 대기업 오너들은 자신들이 원로라고 생각하지만 사실은 토호에 불과하다. 이들에게는 진보와 보수 같은 정치적 이념이 없다. 오직, 정권이 바뀔 때마다 나비처럼 날아다니며 '일관된 기회주의'적 처세로 부를 늘리고 명예를 탐할 시기만을 찾는다.

얼마 전 어느 신문 '칼럼에서 언급한 것처럼 이들에게는 3심(三心), 즉 욕심(慾心), 의심(疑心), 변심(變心)만 있다. 의심과 변심은 전문경영인이었던, 한보 정태수 회장 표현을 빌리면 '머슴'에 대한 속마음이다. 경영성과보다 충성심을 더 중요하게 생각하는 이들에게 4차산업혁명은 딴나라 이야기이다.

창업 2년 동안 매출은 전혀 없고 직원은 고작 13명에 불과한 회사가 있었다. 그런데 놀랍게도 이 회사를 10억 달러(1조 2천억 원)에 인수하겠다는 사람이 나타났다. 인스타그램 이야기이다. 지금 인스타그램의 시장 가치는 2012년 당시보다 10

배 이상 오른 것으로 평가된다. 욕심(慾心)과 의심(疑心)과 변심(變心)만 있는 한국, 특히 지역의 대기업 오너들이 인스타그램 인수와 같은 과감한 판단과 결정을 할 수 있을까?

광주에 가면 금호시민문화관이라는 곳이 있다. 호남지역을 기반으로 했던 금호그룹 박인천 회장의 광주 옛집을 2018년 시민들에게 개방했다. 그곳은 1931년 한옥 형태로 처음 건축된 후 몇 차례 증개축했다고 한다. 금호그룹은 1946년 광주여객으로 시작해 한때 고속버스와 타이어, 아시아나항공 등 한국의 도로와 하늘을 지배했던 호남지역 대표 기업이었다. 금호의 창업주는 광주시민들에게 문화관이라도 남겼지만 봉건영주처럼 군림하는 데만 재미를 붙인 지역 토호들은 과연 무엇을 남기고 갈까? (2019년 6월 7일)

임권택 시네마테크에서 본
한국영화

영화 〈기생충〉이 6월 16일을 기준으로 관객 수 8백 만을 넘겼다. 농담을 전제로 이야기하면 한국의 대학을 일류대학과 그렇지 않은 대학으로 나누는 기준 가운데 하나는 대학에 '연극영화과'가 있느냐 없느냐 하는 것이다. 이른바 일류대학 가운데 '연극영화과'가 있는 대학은 없다. 대학은 예전 개념으로는 성균관 같은 최고지성의 전당인데, 여기에서 상것들이나 하는 연극영화를 가르친다는 것은 격이 떨어지기 때문일 것이다.

예전에 임권택 감독에게 들었다고 기억되는 이야기이다. TV에서 방영되는 한국영화를 보면서 채널을 돌리려다 도대체 누가 저렇게까지 만들었나 싶어서 끝까지 보니 자기 작품이더라는 것이다. 임권택 감독은 다작에다가 빨리 찍기 능력으로 유명했다. 강준만의 『한국 언론사』에 따르면 신성일은 그 시절 한꺼번에 12편의 영화를 동시에 찍고 1967년에는 총 185편의 국내영화 가운데 68편에 출연하는 기록도 세운다. 임권택 감독이 자신의 영화를 기억하지 못하는 것도 무리가 아니다. 그는 왜 자신도 제대로 기억하지 못하는 그런 영화를 만들었을까?

박정희 전 대통령은 철권통치를 선호했지만, 영화를 통한 선동의 힘도 잘 알고 있었다. 그래서 분기별로 이른바 '우수영화'를 두 편 선정해 이들 제작사에는 외국영화를 한 편씩 수입하는 권리를 주었다. 우수영화는 유신을 찬양하는 영화이거나 새마을운동이나 반공과 관련한 영화 중에서 정부가 선정했다.

그러니까 정부 입맛에 맞는 영화를 대충 만들고 외국 영화 수입에서 크게 남기는 게 영화판에서 쉽게 돈 버는 길이었다. 연간 수입 편수가 제한되어 있었던 외국영화는 미국에서 흥행이 검증된 것만 골라 수입할 수 있는, 이른바 황금알을 낳는 거위였다. 물론 채찍은 그대로 남아 있었다. 5.16쿠테타 다음 해 개정한 헌법 18조 2항은 다음과 같이 되어 있다.

"②언론·출판에 대한 허가나 검열과 집회, 결사에 대한 허가는 인정되지 아니한다. 다만 공중도덕과 사회윤리를 위하여는 영화나 연예에 대한 검열을 허가할 수 있다."

이 같은 영화 사전 검열을 통해 상영을 금지하거나 전체 편집 분량의 1/3 정도를 가위로 잘라내기도 한다. 그래도 그 시절이 좋았다는 사람도 있다. 물론 선택이고 취향의 문제다.

하지만 쿠테타는 쿠테타고 독재는 뭐라고 해도 독재다. 쿠테타를 좋다고 하고 찬양하는 것은 사상과 표현의 자유지만 쿠테타를 혁명이라고 거짓말해서는 안 된다는 것이다. 어릴 때 배운 영어 표현에 이런 게 있다.

"Rose is Rose is Rose is Rose is Rose(장미는 뭐라고 해도 장미다)."

전남 장성에는 임권택 시네마테크가 있다. 임권택 감독의 필모그래피에는 〈아내들의 행진〉, 〈이슬 맞은 백일홍〉, 〈전쟁과 여교사〉, 〈속눈썹이 긴 여자〉, 〈뇌검 번개칼〉, 〈명동잔혹사〉 등등이 있다. 척 봐도 수준 높은 걸작처럼 느껴지는 이름은 아니다. 거장도 그 시절에는 그렇게 살아남을 수밖에 없었다는 아픈 상흔들일까? (2019년 6월 16일)

세 번 죽는 죽음들

한센병, 이른바 나병 환자들은 흔히 세 번 죽는다고 한다. 첫 번째는 병이 확인돼 가족과 사회로부터 격리를 당하면서 정신적으로 죽고, 두 번째는 피부가 썩어가면서 서서히 육체적으로 죽는다. 세 번째는 주검을 해부당하며 다시 또 죽는다. 그렇게 세 번 죽는 것이다.

전남 고흥의 소록도는 일제강점기 때부터 나병 환자 집단 거주지였다. 일제는 1916년 이곳에 자혜의원을 짓고 나병 환자를 강제수용했다. 자혜(慈惠)는 영어 'charity'의 일본식 번역어로 '위로부터의 사랑'을 의미한다. 천황의 은혜를 가톨릭 용어로 바꾼 것이다. 그러나 이름과는 달리, 환자가 조금이라도 말을 듣지 않으면 감금실에 가두고 내보낼 때는 반드시 강제로 정관수술을 했다.

소나무를 잘못 옮겨 심었다는 이유로 감금실에 갇혔던 25세의 청년 이동은 이런 시를 남긴다.

그 옛날 나의 사춘기에 꿈꾸던
사랑의 꿈은 깨어지고

여기 나의 25세 젊음을
파멸해 가는 수술대 위에서
내 청춘을 통곡하며 누워있노라
장래 손자를 보겠다던 어머니 모습
내 수술대 위에서 가물거린다.
정관을 차단하는 차가운 메스가
내 국부에 닿을 때

모래알처럼 번성하라던
신의 섭리를 역행하는 메스를 보고
지하의 히포크라테스는
오늘도 통곡한다.

한때 소록도에는 6천여 명의 환자가 있었다고 한다. 지금 남아있는 환자의 수는 대략 5백여 명 정도이다. 소록도에는 일본과 대만 등지에서 들여온 관상수 등 희귀한 나무 100여 종을 한자리에서 볼 수 있는 중앙공원이라는 곳이 있다. 이 공원은 스오 마사스에(周防正季) 원장이 소록도를 세계 최고의 나환자촌으로 만들겠다 하여, 한센병 환자들을 강제로 동원해 3년 4개월의 공사 끝에 1940년 조성한 것이다. 그는 본인의 동상까지 세우고 매월 20일 자신에게 감사하는 행사를 강제로 열다가 이춘상이라는 환자에 의해 칼에 찔려 죽었다.

인근 장흥 출신 소설가 이청준은 이를 모티브로 『당신들의 천국』이라는 소설을 썼다. 눈물과 한의 '작은 사슴섬'은 지금은 관광지가 되어 연간 몇십만 명이 찾는다. 그곳에는 관광버스가 줄을 잇고 기념품과 식당까지 들어서 있다.

　시인 정일근의 「유배지에서 보내는 정약용의 편지」 마지막 구절은 이렇다.

> 힘줄 고운 한들이 삭아서 흘러가고 그리움도 남해 바다로 흘러가 섬을 만드누나.

　다산 정약용이 강진에서 아들 정학유에게 보내는 편지 형식이다. 지금 소록도 병원에서 노후를 보내고 있는 사람들의 애환도 혹시 그렇지 않을까.

　PS. 소록도를 최초로 방문한 영부인은 이희호 여사다. 이 여사가 2000년에 방문한 기록이 소록도 기념관에 남아 있다. 육영수 여사가 방문했다는 뉴스는 이미지 관리를 위해 만들어진 것으로 보인다. (2019년 6월 23일)

천지자연의 소리가 있으면
천지자연의 글이 있다

한글은 만들어진 시기가 기록되어 있는, 세계에서 거의 유일한 문자이다. 『총균쇠』의 저자 제레드 다이아몬드를 비롯해 세계 인류학자들 가운데는 한글 예찬론자가 아주 많다. 제레드는 세계의 여러 문자를 하나로 통합해야 한다면 무조건 한글이 되어야 한다고 할 정도이다. 한글은 배우기 쉽고 읽기 쉽고 세상의 거의 모든 소리를 글자로 표기할 수 있기 때문이다. 한글 창제를 도왔던 정인지는 '천지자연의 소리가 있으면 천지자연의 글이 있다'라고 훈민정음 해례에서 자부심을 드러냈을 정도이다. 한글이 세계의 여러 문자 가운데 비교적 늦게 만들어져 몽골어나 위구르어 등 다른 문자들과 비교연구가 가능했던 덕도 있다.

최만리는 '중국이 알면 부끄럽다, 누가 어렵게 한자로 된 성리학을 공부할 것인가' 등의 여섯가지 이유를 들어 한글 창제와 반포에 반대했다. 최만리는 연구기관인 집현전에서만 25년을 근무한, 요즘 식으로 이야기하면 최고의 학자이자 전문가이다. 최만리가 한글 창제를 반대한 또 하나의 이유는 이른바 '지식패권(헤게모니)' 때문이다. 기득권층의 불공정한 지배를 정당화시키고, 백성들을 교육하고 회유하기 위해서는 지식과 정보를 누구나 쉽게 알아서는 안 된다는 것이다.

2008년 하반기 포털에는 리먼 브라더스의 부실과 환율폭등 및 금융위기의 심각성 등 정확한 경제를 예측하는 전문가가 등장한다. 필명 미네르바였다. 당시, 그의 정체를 둘러싸고 여러 명으로 구성된 전문가 그룹이라는 설, 경제학 교수라는 설, 고위관료라는 설 등이 돌아다녔다. 그 정도로 정확한 예측을 했던 것이다. 문제는 이명박정부에 불리한 지적이었다. 그래서 그는 전기통신기본법이라는 희한한 법으로 구속된다. 3심 모두 무죄판결을 받았지만, 쥐뿔도 없는 것들이 아는 체 까불면 재미없다는 교훈을 남기는 데는 충분하고도 남았다. 경제는 전문가들만의 영역이지 대학도 제대로 나오지 않은 것들이 마음대로 떠들어서는 안 된다는 것이었다.

구텐베르크 이후 일반 신도들이 성경을 직접 읽을 수 있게 되자 성서학자인 요한 가일러는 이렇게 말했다.

"성경을 평신도의 손에 쥐여주는 것은 어린이에게 칼을 주어 딱딱한 빵을 썰게 하는 것과 같다."

최만리는 또 세종이 "형살(刑殺)이나 옥사에 임하여 한글을 쓰면 비록 지극히 어리석은 사람일지라도 모두 다 쉽게 알아들어서 억울함을 품을 자가 없을 것"이라고 한 것에 반박해 "형옥(刑獄)의 공평하고 공평하지 못함은 옥리(獄吏)가 어떠한가에 있고, 말과 문자의 같고 같지 않음에 있지 않다"라는 점을 지적했다. 무슨 말인가 하면 세종이 알기 쉬운 정보의 공유를 통해 정상적인 판결시스템을 구축하여 옳고 그름을 백성들이 재판관들과 다툴 수 있도록 하고자 했다면, 최만리는 관리들의 전문성과 선의를 믿어야 한다고 주장했다는 것이다. 그런데 시스템을 구축하지 않고 사람을 무조건 믿는 것이 좋은 결과를 가져오지 않는다는 것을 역사는 늘 보여준다. 견제하는 시스템이 없을 때마다 그들은 이청준의 소설 제목대로『당신들의 천국』을 만들었고 개돼지들을 아주 간단히 무시해왔다. 그래서 김두식 교수의 책 제목은『불멸의 신성가족』이다. 요즘 검찰의 수사권 독점과 기소편의주의가 바로 그것을 보여주는 사례이다.

새로운 천 년을 앞둔 1999년 미국의 〈타임〉지는 서기 1천 년부터 2천 년까지의 가장 중요한 발명품으로 구텐베르크의 '금속활자'를 꼽았다. 소수의 귀족이나 특권층만의 지식과 정보가 인쇄술의 발명 이후 대중화되고, 지식이 폭넓게 보급되면서 민주주의와 시민사회로 가는 근대의 맹아가 형성되기 시작했다는 것이다.

독일 마인츠에서 구텐베르크가 금속활자로 180권의 성경을 인쇄한 것은 1450년대,『직지심체요절』이 금속활자로 인쇄된 것은 1377년이다. 세계 최초로 금속활자를 발명하고서도, 고려와 조선의 기득권 계층은 유학과 윤리서적 같은 체제유지를 위한 책만 찍어냈다. 그런 출판경향은 한글 발명 이후에도 마찬가지였다. 세종은 한글을 만들긴 했지만 한글에 담긴 정신을 뿌리내리지는 못했다. 기득권층이 한글로 백성들과 소통을 한 것은 아이러니하게도 임진왜란 때 백성을 버리고 달아났던 선조가 처음이었다. 정작 자신이 급하고 아쉬우니까 그때야 비로소 한자가 아닌 한글로 백성들에게 담화문을 썼다. 청주고인쇄박물관에는 세계 최초의 금속활자로 인쇄된 『직지심체요절』이 복원되어 있다. 청주고인쇄박물관의 금속활자는 발명 자체가 아니라 활용이 훨씬 더 중요하다는 것을 보여준다. 화약을 발명한 것은 중국이지만 화약으로 총과 대포를 만들어 제국을 건설한 것은 서양이듯이.

(2019년 10월 9일)

달아날 수도, 미룰 수도 없는

물길이 휘돌아나가면서 소리 내어 우는 바다가 있다. '배가 지나갈 때면, 위로 솟구쳤다가 바닷속으로 빠지는 듯하다'라고 옛 기록은 전한다. 전남 진도와 해남 사이 좁은 바다, 그곳의 이름은 '울돌목', 한자로는 '명량(鳴梁)'이다. 그곳에 가면 등을 돌리고 바다를 응시하는 이순신 장군의 동상을 만날 수 있다. 갑옷이 아닌 평상복 차림이다. 머리에는 투구 대신 전립을 쓰고 있고, 손에는 칼 대신 지도를 들고 있다.

높이 불과 2m, 해남 출신 조각가 이동훈 씨의 2008년 작품이다. 작품명은 '고뇌하는 이순신'.

넓지 않은 어깨, 크지 않은 키, 밀물이면 발목까지 물이 차오른다. 외로움, 두려움, 그러면서도 내려놓을 수 없는, 아니 달아나거나 미룰 수 없는 무거운 책임감이 뒷모습에서 절절히 배어 나온다. 드문드문 빛바랜 핏빛 색깔도 보인다. 숨이 막힐 듯 전율이 느껴진다. 마치 딸의 생일날 늦은 귀갓길에 백팩을 메고 한 손에는 케이크를 들고 있는 어떤 사람처럼, 내려놓을 수 없는 책임감에 고통받는 뒷모습이다.

이순신은 요즘 말로 하면 '가족을 갈아 넣고' 나라, 아니 백

성들을 지켜냈다. 노모는 이순신이 파직 당해 한양으로 잡혀
가자 마지막이 될지 모르는 아들의 얼굴이라도 보러 나섰다
가 여로에서 숨을 거둔다. 또, 명량해전 뒤에는 아산 본가를
지키던 셋째 아들이 왜적에 의해 죽임을 당한다. 이순신은 아
들의 죽음이 전해지자 『난중일기』에서 '내 마음은 죽고 형상
만 남은 채 부르짖어 통곡할 따름이다. 하룻밤 지내기가 한
해를 지내는 것 같다'라고 적었다.

　명량해전의 승리는 기적이었다. 원균의 패전으로 조선 수
군이 전멸하다시피 한 이후 백의종군 중이던 이순신이 복직
된 것은 1597년 음력 8월 3일, 칠천량해전으로부터 20일 뒤
의 일이다. 그마저도 선조가 마지못해 한 일이라고 실록은 기
록한다. 선조는 이순신을 수군통제사로 재임명하면서 직급
을 종전보다 2단계나 낮춰 자신의 불편한 심경을 노골적으로
드러낸다. 그래도 이순신은 발걸음을 재촉했다. 이순신이 해
남 땅끝마을에 도착한 것이 그로부터 다시 20일 뒤, 그는 땅
의 끝에서 희망의 시작을 보았다. 음력 9월 15일 그는 '살고자
하면 죽고 죽고자 하면 산다(必生卽死 必死卽生)'라는 유명한
훈시를 한다. 그러나 다음 날 아침, 정작 전투가 벌어지자 이
순신의 함선을 제외한 12척의 전함은 두려움에 사로잡혀 미
적미적 물러서기만 한다.

　　　뭇 장선(將船)들을 돌아보니 물러나 먼바다에서

관망하며 나아가지 않고 배를 돌리려 하고 있었다.

(『난중일기』 9월 16일)

울돌목의 조류속도는 평균 7~10노트(시속 13~19km), 당시 조선 판옥선 운항속도의 세 배 정도였다. 세계에서도 다섯 손가락 안에 드는 빠르기이다. 아침 전투 개시 당시의 조류는 역방향, 이순신은 오후가 되어 흐름이 바뀔 때까지 왜군은 물론 거센 물살과도 싸워야 했다.

그래도 13척의 조선 수군은 기적처럼 133척의 왜선을 무찌르고 서남해의 제해권을 방어해낸다. 전쟁의 흐름을 바꿔 패전 위기의 조선을 다시 한 번 구해낸 것이다. 이순신을 지켜낸 것은 산 위에서 지켜보던 백성들의 시선이었다. 백성들은 어선과 식량을 스스로 갖고 나와 이순신의 수군을 도왔다. 강강술래의 전설도 그런 맥락이다.

명량해전의 전투 뒤 그는 군산 앞바다에 있는 고군산제도까지 일시 후퇴하고, 수군을 재정비한 뒤 다시 여수 통제영으로 돌아온다. 이순신조차도 명량해전은 '천행'이었다고 난중일기에서 여러 번 말한다.

1598년 남해 노량해전에서 이순신이 죽고 전쟁이 끝나자, 형의 친구이자 든든한 후원자였던 류성룡은 재상의 자리에서 쫓겨난다. 류성룡은 전란 극복을 위해 속오군을 만들어 양반에게 병역 의무를 요구했고 천민이 공을 세우면 면천의 길을 열었다. 하지만 전쟁이 끝나자 양반들은 신분제의 근본을 흔들었다고 류성룡을 탄핵했고 그의 개혁 입법은 모두 폐기된다. 이후, 양반들의 기득권은 더욱 강화됐고 300년 뒤 조선은 마침내 일본의 식민지가 되었다.

사진은 울돌목에서 등을 돌린 채 바다를 응시하는 이순신의 모습이다.

PS 1. 선조는 이순신의 공을 인정하고픈 마음이 조금도 없었다. 명량해전에서 승리한 후, 선조는 명나라에 이렇게 전달한다. "소방(小邦)의 수군이 다행히 작은 승리를 거두어서 적의 예봉을 조금 꺾었으니, 이로 말미암아 적선이 서해에는 진입하지 못할 것입니다."(『선조실록』) 조금 꺾었는데 왜군의 서해진입은 막았다는 것이다.

PS 2. 네티즌들은 요즈음 한국 언론들이 그때 있었으면 이렇게 기사를 썼을 것이라고 풍자한다. "정부는 작은 승리에 자화자찬하지 말아야-정부의 승전발표에도 여전히 일본 수군 주력함대 300척 이상 건재한 것으로 드러나, 안이한 자화자찬 말고 일본과 화해를 통해 미래를 도모해야", "도박 같은 전투, 적절성 논란-아군함대 전면을 감수한 위험한 전투, 이겼으니 망정이지 졌으면 수군궤멸을 어떻게 책임지나", "13척으로 133척 상대, 정부 발표 정확한가?-비현실적 승전에 과장 논란, 작은 승리에 흥분 말고 정확하게 판단해야", "명량해전, 과연 승전인가-이순신, 승전 발표와 달리 전투 후 후퇴한 것으로 드러나, 진상조사 시급" (2019년 9월 30일)

2부

남도에서

만난

풍경들

마라난타가 와서 부처를 만나다

모든 종교는 교리 혹은 신앙의 대상과 신도 그리고 양자를 연계하고 해석해주는 전문직업인으로 구성된다. 전문직업인은 구체적으로 얘기하면 스님, 신부, 목사, 랍비 등이 될 것이다. 일부의 경우이긴 하지만 요즈음은 종교가 이들 전문직업인들을 잘 먹고 잘살게 하기 위해 있는 것 같은 느낌도 있다. 부자들이 공양한 등은 바람 불면 다 꺼지지만, 가난하더라도 정성스러운 여인이 부처님께 바친 '빈자(貧者)의 일등(一燈)'은 밤이 새도록 꺼지지 않는다. 예수님도 부자가 하늘나라에 가기는 낙타가 바늘귀로 들어가기보다 어렵다고 이야기한다.

그러나 현실 세계에서는 열심히 목사가 시키는 대로 하고 헌금만 잘 내면, 돈도 많이 벌고 몸도 건강해지고 천국도 저절로 보장받는 '3박자 신앙'을 이야기한다. 입장료를 받는 웬만한 절은 매출 노출의 우려 때문인지 카드 대신 현금으로만 돈을 받는다. 부자라야 대우를 받는 것은 교회나 절이나 마찬가지이다. 예전에는 죽은 뒤 극락이나 천국을 보장한다고 했는데, 요즘 종교는 시주나 헌금 즉시 복을 받는 '당대발복'을 이야기한다. 전문직업인들의 영적 파워가 더 강해진 탓일까?

그래도 오늘은 '부처님 오신 날'이다. 명월행(明月行)이라는 법명이 있는 아내와 함께 나주 불회사(佛會寺)를 찾았다. 나주 불회사는 서기 384년(백제 침류왕 1년) 인도의 승려 마라난타가 세웠다는 호젓한 절이다. 일주문으로 가는 길은 울울창창한 비자나무와 편백나무 숲길이다. 그 길을 소박한 돌장승들이 지키고 있다. 전설대로라면 한국에서 가장 이른 시기인 백제 초기의 오래된 절집이다. 절 일주문의 주련에는 그래서 '마라난타래불회(摩羅難陀來佛會): 마라난타가 와서 부처님을 만나다'라고 적혀 있다.

부처는 '그물에 걸리지 않는 바람'처럼 자유로우면서 걸림이 없는 '무애(無碍)', 그러면서 어디 있더라도 주체적인 삶을 사는 '수처작주(隨處作主)' 하는 사람을 진정한 남자(大雄)라고 했다. 그러나 대장부가 되지 못하는 우리 삶은 집착의 연속일 수밖에 없다.

일본어로 '대장부다(だいじょうぶです)'는 뜻밖에도 '괜찮다'라는 의미이다. 대장부에 대한 맹자의 정의는 이렇다. "부귀도 그의 마음을 어지럽히지 못하고, 빈천도 그의 의지를 변하게 하지 못하며, 압력과 무력도 그의 뜻을 꺾지 못하는" 사람이 '대장부'다. 일본에서는 맹자가 말하는 '대장부'가 굳이 되지 않아도 괜찮다는 것일까? 인간이라는 존재는, 토사가 무너져 내리면서 드러난 나무의 뿌리처럼, 돈과 이름과 지위라는 헛것에 집착할 수밖에 없다는 뜻일까?

경허 스님의 선시(禪詩) 한 구절은 이렇다.

世與靑山何者是

세상과 청산은 어느 쪽이 옳은가.

春光無處不開花

봄빛 이르는 곳에 어딘들 꽃이 피지 않으랴

(2018년 5월 22일)

날짐승도 길짐승도
제집에서 머물거늘

　김삿갓으로 더 유명한 김병연은 평생 길 위를 떠돌아다녔다. 할아버지가 홍경래 반군에 항복했다는 죄목으로 김삿갓이 다섯 살 때 처형당하면서 벼슬은 엄두도 내지 못했다. 김삿갓뿐만 아니라 우리 모두는 삶이라는 길 위에 있는 방랑자다. 요즘 문자 속으로는 '디지털 유목민(Digital Nomad)'인 셈이다. 하지만 조선 말, 거처 없이 풍찬노숙(風餐露宿)으로 살았던 그의 유랑에 비할 바는 아닐 것이다. 임종 직전에 쓴 것으로 알려진 그의 시는 정말 처연하다. 「난고평생시(蘭皐平生詩)」의 맨 앞부분과 마지막 부분은 다음과 같다. '난고'는 그의 호다.

　　鳥巢獸穴皆有居
　　날짐승도 길짐승도 제 집에서 머물거늘
　　顧我平生獨自傷
　　돌아보니 내 평생은 아픔으로 살았노라.
　　芒鞋竹杖路千里
　　짚신에 대지팡이 천리 길을 떠돌면서

水性雲心家四方

물처럼 구름처럼 가는 곳이 내 집이라.

尤人不可怨天難

어찌 사람을 탓하고 하늘을 원망하리.

歲暮悲懷餘寸腸

해마다 해 저물면 가슴은 미어졌노라.

身窮每遇俗眼白

신세가 초라하니 늘 눈총만 받았었고

歲去偏傷鬢髮蒼

흐르는 세월 속에 머리만 희었도다.

歸兮亦難行亦難

돌아가기 어렵지만 머물기는 더 어려워

幾日彷徨中路傍

길 위에서 헤매기가 몇 날이고 몇 해인가.

  그 김삿갓이 가장 사랑했고 위안을 받았고, 생의 마지막 6
년을 머물다가 숨을 거둔 곳이 전남 화순이다. 화순에는 김삿
갓이 즐겨 찾았던, 길이 7km 정도의 이른바 '화순적벽'이 있
다. 화순적벽은 중국의 절경이자 삼국지 무대였던 중국 적벽
의 이름을 따서 지은 곳이다. 상수도보호구역이었던 이곳에
1985년 댐이 건설되고 물을 가두면서 마을은 수몰된다. 그로

부터 30년 뒤인 2014년부터는 1주일에 두 번, 사전 신청을 한 제한된 인원들에게만 개방이 된다.

화순적벽 가운데 최고 절경으로는 화순 이서면 노루목적벽이 꼽힌다. 시루떡을 켜켜이 쌓아 놓은 것 같은 모양으로, 국가지정문화재이다. 그 노루목적벽에는 1646년에 지어진 것을 수몰을 피해 1985년 이전한 망미정(望美亭)이라는 정자가 남아 있다. 1986년 당시 가택 연금 중이었던 김대중 전 대통령의 글씨를 받아 현판으로 걸었다. 그 부근에는 수몰된 마을주민들의 마음을 달래는 망향정(望鄕亭)이라는 정자도 들어서 있다.

적벽을 만나고 돌아오는 길, 나주시에서 운영하는 투어버스 해설사는 이렇게 이야기한다.

"마을주민들은 제대로 보상도 받지 못한 상태에서 예정보다 빨리 물이 들어오면서 옷가지도 제대로 챙기지 못하고 집에서 빠져나왔습니다."

1985년, 제5공화국 시절이다. 현재 동복호의 물은 광주시민의 식수원이다. 광주시는 이 일대 토지를 모두 사들였다. 그래서 적벽은 화순 땅에 있지만, 관리권은 광주에 있다. 해설사는 이렇게 말을 맺었다.

"요즘 같으면 '땅'이 아니라 '물'을 팔았을 텐데…."

(2018년 6월 16일)

연못으로 변한 삼국시대의 국제항

한반도의 항구들은 시대에 따라 그 몸값이 달라진다. 중국 대륙과의 연계가 가장 중요한 시절에는 서해 항구들이, 미국 등 태평양권 국가와의 중요성이 높아지면 남동해안 항구들이 득세했다. 삼국시대나 그 이전에는 먼 바다로는 나갈 엄두도 내지 못하고 육지를 바라보며 항해하는 연안 항해가 대부분이었다. 한반도의 서남쪽에 있는 전남은 그 시절 한반도와 중국, 일본을 연결하는 해상교통로의 중심이었다. 일본에 천자문을 전해준 것으로 유명한 왕인박사도 월출산이 있는 전남 영암 상대포(上臺浦)항에서 배를 타고 일본으로 떠났다고 전해진다.

조선 후기의 실학자 이중환(李重煥)은 『택리지(擇里志)』에서 상대포가 있는 구림(鳩林)마을을 이렇게 소개한다.

"구림은 신라시대부터의 명촌으로 이 포구에서 흑산도와 홍도, 가거도를 거쳐 중국 영파(寧波)에 이르는 바닷길이 있었다. 바닷길의 여정은 구림에서 흑산도까지 하루, 흑산도에서 홍도까지 하루, 홍도에서 가거도까지 하루, 가거도에서 영파까지 사흘 정도 걸리는데, 동북풍의 순풍을 만나면 하루 만에 주파할 수도 있다. 신라 말엽에서 고려 초엽 사이에 최치원, 김가기, 최승우 등이 구림의 포구에서 상선에 편승하여 이 바닷길을 통해 중국에 건너가서 당나라의 과거에 합격하였다."

상대포항의 전성기는 통일신라 말에서 고려 초까지였다. 상대포에서 멀지 않은 진도에 장보고가 청해진을 설치했다. 상대포 인근에서 만들어지거나 집적된 도기들은 청해진을 거쳐 중국과 일본으로 수출되었다. 하지만 현재 상대포는 일제시대 간척 사업과 70~80년대 영산강 하굿둑 공사로 물길이 막혀 있다. 한때 먼 나라로 떠나는 넓은 포구였던 상대포는 이제 호수보다 작은 연못처럼 변해 이름만 겨우 남아 있다.

상대포가 있는 구림마을은 왕인박사와 한국 풍수사상의 대가 도선국사의 고향이다. 신라 때부터 이름이 알려져 사서에 등장한 지 무려 2천2백 년이나 되는 유서 깊은 마을이다. 아직도 국내에서 가장 오래된, 무려 450년이 넘는 마을 대동계가 유지되고 있을 정도이다. 구림마을은 일제강점기에도 면 단위에서 청년들의 시문집을 낼 정도의 규모가 있는 마을이었다.

하지만 2018년 7월 초, 그곳은 황토를 켜켜이 밀어 넣어 만든 돌담처럼 느리고 고즈넉한 분위기의 평범한 한옥마을로 재탄생했다. 삼국시대 한반도 최대규모 국제항이었던 상대포도 작은 연못으로 줄어들었다. 간척사업을 하면서 자취를 모두 없애지 않고 흔적만 겨우 남겼다. 그래서 세상에 변하지 않는 것은 없다고 하는 것 같다. 사람도 마을도 세상도 그렇게 흘러흘러 가고 있다. (2018년 7월 9일)

왕건이 탐낸 쌀

폭염의 기세는 여전하지만, 아침의 시작은 많이 늦어진 것 같다. 모레가 벌써 입추다.

시끄럽던 황소개구리 울음소리는 짝짓기가 끝난 탓인지 아니면 견디다 못한 주민들이 집단 박멸에 나선 탓인지 이제 더 이상 들리지 않는다. 지금은 고층 아파트 창 밖으로 개구리 울음소리가 들리는 곳이지만 농업이 산업의 대부분이었던 고려와 조선 시절 나주는 정말 대단한 고을이었다. 나주평야의 중심이기도 했지만 태조 왕건의 처가 동네이기도 했다.

후삼국시기였던 903년 왕건은 궁예의 명으로 수군을 이끌고 견훤의 배후를 찔러 나주를 점령한다. 그때 만난 호족의 딸 오씨 처녀에게 얻은 첫아들이 나중에 고려의 2대 임금 혜종이 된다.

전라도(全羅道)라는 이름은 1018년 사서에 처음 등장한다. 왕건의 손자인 고려 현종이 당시 이 지역의 중심이었던 전주(全州)와 나주(羅州)를 합쳐 만든 지명이다. 경주(慶州)와 상주(尙州)를 합친 단어 경상도(慶尙道)가 역사에 등장한 것보다 무려 296년이나 빠르다. 조선시대에도 나주는, 일제의 강압에

못 이긴 고종이 1896년 관찰부를 광주로 옮기기 전까지 전남 지역에서 가장 큰 고을이었다.

하지만 지역혁신도시 조성 이전의 나주는 서서히 쇠락해가고 있었다. 인구는 겨우 8만 명 정도였고 알려진 생산품이라고는 배와 쌀, 영산포 홍어 등이 대부분이었다. 마치 영산강의 내륙 등대처럼 한때는 중요했지만, 세상이 바뀌면서 가치가 떨어지거나 쇠퇴하는 그런 도시였다. 일제는 나주평야에서 수탈한 쌀을 도정하기 위한 정미소를 곳곳에 세우고 1915년에는 영산강 하구에 한국 유일의 내륙 등대까지 설치한다. 바다도 아닌 곳에 등대가 세워진 것은 바로 나주평야 일대의 쌀 때문이었다. 조선시대에도 영산포를 통해 한해 8만 섬의 쌀이 한양에 세곡으로 보내졌을 정도로 나주는 오랫동안 한반도 제일의 곡창지대였다. 쌀이 흔해진 지금 나주평야의 쌀은 '왕건이 탐낸 쌀'로 브랜드화를 꾀해보기는 하지만 옛날 같지는 않은 모양이다.

시인 나해철은 시 「영산포」를 통해 산업화 시기 농촌공동체가 해체되던 당시의 분위기를 이렇게 회고한다.

가난은 강물결에 누워
늘 같이 흐르고
개나리꽃처럼 여윈 누님과 나는
청무우를 먹으며
강둑에 잡풀로 넘어지곤 했지

빈 손의 설움 속에

어머니는 묻히시고

열 여섯 나이로 토종개처럼 열심이던 누님은

호남선을 오르며 울었다.

지금 나주의 인구는 11만 명, 그 가운데서 공공기관 이전으로 조성된 혁신도시의 인구가 3만 명 정도이다. 지역 이전 정부 부처와 공공기관 때문에 한국의 경쟁력이 떨어진다고 서울의 언론과 서울의 자칭 지식인들은 걸핏하면 난리이다. 하지만 정작 현지에서는 아침에 일어나 TV를 켜면 광주전남지역 기업의 광고는 장례식장밖에 없을 정도다. 혁신도시가 없었더라면 천년세월 거대도시(千年雄都) 나주에는 희망의 불씨조차 없었을 것이다.

나주시는 왕건과 나주 처녀의 설화를 모티브로 한 완사천(浣紗泉)에 왕건과 오씨 처녀의 조각상을 만들어 놓았다. 완사천은 '빨래터에 있는 샘' 정도의 뜻이다. 이곳에서 얻은 왕건의 첫 아들은 왕이 된 지 2년 만에 갑자기 죽는다. 역사가들은 수도권 일대를 거점으로 한 왕건의 다른 처족들에 의해 살해되었을 가능성이 크다고 보고 있다. 혜종의 외가인 나주는 지금도 그렇지만 그때도 쌀만 많이 나는 촌동네였던 것이다.

(2018년 8월 5일)

근대가 있는 골목 풍경
–광주 양림동

광주광역시 양림동은 무등산을 마주하고 있다. 원래는 조선시대 광주사람들이 어린아이를 풍장(風葬)하던 무덤 자리로 전해진다. 광주 양림동 펭귄마을 부근에는 청아빌라라는 조그마한 연립주택이 있다. 그 벽에는 이이남, 김태군 작가가 레오나르도 다빈치 작품 〈최후의 만찬〉 이미지를 빌려 제작한 〈최후의 만찬, 양림〉 부조가 있다. 일곱 명의 서양사람과 다섯 명의 한국인의 얼굴이 그 벽에 새겨져 있다. 조선 말과 식민지, 근대화, 민주화운동 등 근현대사의 인물들을 파노라마처럼 압축해 벽에 부조로 새겨 놓았다.

이들은 조선 말 광주에서 선교 활동을 했던 외국인 선교사들과 근현대 광주지역 인물들이다. 음악, 문학, 의료, 종교, 교육, 사회활동 등 각 분야에서 오늘날의 광주를 만든 사람들이다.

다음 장에 있는 위의 사진 가운데 오른쪽에서 두 번째의 조아라는 5.18 민주화운동 때 투옥되기도 한, 일평생 외롭고 가난하고 아픈 사람들 벗이었던 '광주의 어머니'다. 아래 사진의 정율성은 중국에서 독립운동을 한 작곡가이다. 의열단원 출신으로서 오늘날 중국의 대표적 군가인 '인민해방군가'를 작곡한 인물이다.

일제를 찬양했던 친일 음악인들은 해방 이후 한국 현대음악계의 거두로 행세하면서 각종 문화훈장까지 받았지만, 정율성은 사회주의자라는 이유로 한국에서는 오랫동안 이름조차 제대로 거론하기 어려웠다. 그나마 광주니까 정율성거리를 조성하고 생가 표지판을 세우고 하는 것인지도 모른다. '3.1만세운동길'에 있는 양림교회는 정율성거리와 인접해 있다. 부조에도 나오는 시인 김현승은 양림교회 당회장의 아들이었다. 평양에서 태어났지만 양림동에서 어린 시절을 보내고 학업 때문에 잠시 떠났다 다시 돌아와 오랜 기간 후학을 가르치며 양림동에서 살았다.「가을에는 기도하게 하소서」같은 아름다운 시편들도 남겼다.

뭐니 뭐니 해도 요즘 양림동에서 가장 핫한 곳은 '펭귄마을'이다. 동네 담벼락에는 아기자기한 작품과 70~80년대에 쓰던 온갖 잡동사니가 걸려 있다. 레트로 열풍을 상징하는 곳이기도 하다. 골목길에 가득한 수많은 시와 벽화 등의 작품들 대부분은 주민들의 솜씨이다. 거창하게 폼 잡지 않고 많은 돈 들이지 않고 주민과 함께하는 '마을 재생'의 모범사례라고 할 수 있을 것이다. 주민이 만들어 붙인 글귀 하나는 이렇다.

"눈이 녹으면 뭐가 되냐고 선생님이 물으셨다. 모두들 물이 된다고 답했다. 그러나 순영이는 '봄이 온다'고 했지."

사진은 '최후의 만찬, 양림' 부조와 정율성 흉상이다.

(2018년 9월 9일)

그림자도 쉬어 가는데

조선의 과거는 '문장(文章)'과 '경술(經術)'을 보는 시험이었다. 쉽게 이야기하면 글, 특히 한시를 잘 짓고 유학경전을 잘 외우는 시험이었다. 유학경전이라고 해봐야 사서삼경에 주자의 해설집 정도니까 요즘 분량으로는 겨우 몇 권 정도이다. 같은 책에서 계속 출제되다 보니, 소위 있는 집 자식들 사이에서는 예상 문제인 이른바 '족보'까지 돌았다.

그러나 유학경전 잘 외우고 글 잘 짓는 능력은 국가적 현안에 대한 전문성이나 책임감, 윤리의식 하고는 별 상관관계가 없다. 요즘도 그런 경향이 있지만 당시 사람들은 그래도 믿었다.

많이 배운 사람들은 무지랭이들과는 뭐가 달라도 다를 것이라고. 그렇지만 지식을 더 많이 축적했다고 해서, 잘 팔리는 혹은 높은 평가를 받는 소설과 시를 썼다고 해서 그들의 세상에 대한 이해가 일반인들에 비해 더 깊은 것은 아니다. 더 도덕적인 것도 아니다. 한국 최초의 신소설인『혈의 누(血의 淚)』작가로 교과서에도 등장하는 이인직은 이완용의 비서로 일제에 나라를 팔아 넘기는 협상을 실무적으로 주도했다.

'가난은 한갓 남루에 지나지 않는다'라는 시구로 어린 시절을 버티게 해주었던 시인은 친일은 물론 해방 이후에도 이승만과 박정희, 전두환 등 독재자를 칭송하기에 바빴다. 소설이 많이 팔리면 정치적 발언권도 커지는 것으로 알고 있는 자칭 대문호도 있다.

많이 배우고 한자리 차지하고 있는 엘리트들도 마찬가지다. 대부분의 엘리트에게는 그들과 그들 집단의 이익이 이른바 '개돼지'들의 이익보다 우선이었다. 정책이나 논리도 자신들의 이익을 해치지 않는 것이 먼저였다. 지금 우리는 그런 온갖 적폐들을 보고 있다. 그러고 보니 우리는 인물에 대한 평가를 그 사람이 한 일이 아니라 그 사람의 시험성적이나 쓴 글, 책 같은 텍스트에만 너무 의존해서 하고 있다는 생각이 든다.

전남 담양에는 그림자도 쉬어 가는 곳이라는 멋진 이름의 '식영정(息影亭)'이 있다. 식영정 앞을 흘러가는 하천은 여름이면 배롱나무꽃으로 붉게 물든다. 그래서 배롱나무를 일컫는 자미탄(紫微灘)이라고도 했다. 국문학 사상 불후의 가사 작품 중 하나인 송강 정철의 「성산별곡(星山別曲)」은 바로 식영정과 이 일대의 경치를 노래한 것들이다. 정철은 나중에 왕이 되는 명종과 어릴 때부터의 친구였고, 권문세가의 아들이었으며 젊은 나이에 장원급제했다. 그는 당시 엘리트 중의 엘리트였고 금수저 중의 금수저였다. 그런 송강이 권력욕의 화

신이 되어 무자비한 숙청의 칼날을 휘두른 것이 '정여립사건'
이다. 송강이 주도한 '정여립사건'과 이로 인한 '기축옥사'는
호남 지식인들의 씨를 말렸고 조선을 뒤흔들었다. 그림자도
쉬어 가는 정자(息影亭)에서 썼던 아름다운 문장과는 전혀 무
관한 행위였다. 많이 배웠다고, 엘리트라고 더 도덕적이고 더
윤리적인 것은 아니라는 또 다른 예일까. (2018년 9월 9일)

10.27 법난(法難),
백양사의 가을 단풍

단풍도 나라마다 스케일이 다른 모양이다. 20여 년 전 일본 아키타(秋田)에서 가을을 맞았을 때 만산홍엽(滿山紅葉)이나 '단풍이 꽃보다 붉다'라는 말이 무슨 의미인가를 온몸으로 느낄 수 있었다. 아키타의 단풍은 온 산을 불태우는 마치 붉은색의 바다 같았다. 단풍 자체의 아름다움보다는 자연의 웅장함과 화려함이 압도적으로 다가왔다. 노년기의 부드러운 한국 산만 보다가 그랜드 캐니언을 처음 보았을 때의 숨 막히는 느낌과도 같았다.

그에 비하면 한국의 단풍은 아기자기하다. 특히 내장산 일대의 단풍들은 이른바 '애기단풍'으로 불릴 정도로 잎이 아기 손만 한 크기이다.

그래도 단풍은 단풍이다. 특히 절집에서 만나는 단풍은 그 느낌이 각별하다. 불가는 태어남과 죽음 사이에 삶이 있다는 체념의 미학을 늘 일깨운다. 불가에서 말하듯 생로병사는 살아있는 모든 것이 피할 수 없고 심지어는 나무도 그렇다.

나무의 겨울나기 준비는 뿌리로 더 많은 영양분을 보내 저장하는 데서 시작한다. 이 과정에서 나뭇잎으로 가는 영양분이 줄어든다. 그러면 나뭇잎 속 엽록소가 파괴되어 녹색이 사라지고 엽록소 때문에 평소에는 보이지 않았던 빨갛고 노란 색깔들이 드러나는 것이 단풍이다.

전남 장성 백양사는 내장산국립공원의 일원인 백암산에 있는 사찰이다. 1980년 10월, 광주 민주화운동 이후 5개월 만에 전두환 계엄사령부는 군인을 동원해 전국 사찰의 법당을 구둣발로 짓밟고 승려들에게 무차별 폭력을 휘두른다.

"불교계가 사이비 승려와 폭력배들이 난동·발호하는 비리 지대로서 자력으로는 갱생의 힘이 없는 것으로 판단해 사회 정화 차원에서 철퇴를 가한다"라는 이유였다. 도올 김용옥 선생이 쓴 『나는 불교를 이렇게 본다』(통나무출판사, 1990)의 표현을 빌리면 '한국 불교는 빽이 없어서' 그런 수모를 당했다고 한다. 가톨릭이나 기독교는 외국에 하소연할 곳이라도 있었는데 절집은 야만적인 폭력을 당해도 바깥에 이야기할 곳이 없었다는 것이다. 여러 종교 가운데 유독 불교계가 혹독하게 탄압당했던 이유는 가장 만만하게 보였기 때문이라는 뜻이다.

백양사는 그래도 그때 그렇게 당했었다는, 그래서 '10.27 법난(法難) 사찰'이라는 것을 밝혀 놓은, 내가 아는 유일한 절이다. 백양사 계곡에는 벌써 떨어진 단풍잎들이 떠내려가고 있다. 옛 선시의 한 구절을 빌리면 이렇다.

落花有意隨流水

떨어지는 꽃은 뜻이 있어 흐르는 물을 따르건만

流水無情送落花

흐르는 물은 무정하게도 떨어진 꽃을 보내는구나

(2018년 11월 3일)

춘향전과 광한루, 홍종우와 김옥균

전북 남원에서 열린 노조 대의원대회에 참석하러 간 김에 잠시 광한루(廣寒樓)에 들렀다.『춘향전』의 무대로 알려진 광한루는 세종 때인 1419년 황희가 처음 누각을 세웠고, 그 뒤 전라도관찰사였던 정인지가 광한루라는 이름을 붙였다. 광한루는 신선이 사는 하늘나라의 모습을 상상해서 만들었다고 전해진다. 현재의 광한루는 1639년에 복원된 것으로, 보물로 지정되어 있다.

남원부사의 아들이었던 열일곱 살의 이몽룡은 음력 5월 5일 단오, 광한루에 놀러 나왔다가 그네 타는 열여섯 살 춘향에게 반한다. 그간의 연구에 따르면 이몽룡의 모델은 경북 봉화 출신의 성이성(成以性),『춘향전』의 작가는 남원지역 진사였던 조경남이 유력하다. 그는 성이성의 남원 시절 스승이었다고 한다. 소설은 해피엔딩이지만 실제는 '이루어질 수 없었던 비극적 사랑'이었다.

판소리 '춘향가' 중의 '쑥대머리' 첫 소절은 '쑥대머리 귀신 형용 적막옥방 찬 자리에 생각느니 임뿐이라'이다. 소설『춘향전』에서도, 판소리 '춘향가'에서도 춘향은 죽은 후에 상사

목이 되고 망부석이 되겠다고 다짐한다. 그러나 당시 양반과 기생 간의 강고한 계급적 차이를 생각해보면 춘향의 다짐은 다짐으로만 그쳤을 가능성이 더 크다.

『홍길동전』의 저자로 알려진 허균조차 부안의 기생으로, 훗날 조선의 3대 여류시인으로 꼽히는 이매창을 처음 만났을 때 그녀와 같이 자지 않은 것을 기록으로 자랑스럽게 남겼을 정도이다.

『춘향전』은 한국 소설 가운데 최초로 외국어로 번역된 소설이기도 하다. 1892년 프랑스 기메 박물관에서 일하던 홍종우는 『춘향전』을 『봄날의 향기』라는 이름으로 번역한다. 홍종우는 나이 서른여덟 살 늦깎이로 1888년 일본으로 건너간다. 그는 신문사 식자공으로 일하면서 돈을 모으고 독학으로 프랑스어를 배워 마흔 살인 1890년 프랑스로 자비 유학을 떠난다. 귀국길에 갑신정변의 주역이었던 김옥균을 상하이로 유인해 암살하고, 그 공로로 벼슬길에 올라 제주목사를 지낸다. 감리사로 이승만 사건의 재판을 맡아 이승만을 살려준 인물로도 알려져 있다.

홍종우는 어떤 인물이었을까? 암살범, 근왕주의자, 혹은 출세를 위해 수단과 방법을 가리지 않는 과격한 천재, 아니면 또 다른 스타일의 개혁가. 김옥균 또한 평가 내리기가 쉽지 않다. '근대화의 선각자'에서부터 '외세에 기댄 기회주의자'까지 다양하게 평가 받고 있다. 어쨌든 나라의 문을 열자고 주장했던 개화파 김옥균이 프랑스 유학파에게 암살당한 것은 그야말로 역사의 아이러니이다.

『서유견문』을 쓴 유길준은 묘비명에서 김옥균을 이렇게 평가한다.

"비상(非常)한 재주를 갖고, 비상한 시대를 만났지만, 비상한 공도 세우지 못하고, 비상한 죽음을 맞았다."

확정된 과거에 대한 평가도 어려운데 진행되고 있는 현실에 대한 평가는 얼마나 더 어려울까? 그래서 단순하게 판단하려고 다짐한다. 엘리트보다는 대중에게, 부자보다는 서민에게, 높은 사람들보다는 평직원들에게 도움이 되는 정책이 옳을 가능성이 크다고. (2019년 3월 15일)

세 번 피어나는 고창 선운사 동백

동백은 겨울꽃이다. 그래서 동백(冬柏)이다. 겨울이면 제주도에서 시작해 남해안을 붉게 물들이고 전라북도까지 북상한다. 5천여 그루에 이르는 천연기념물 선운사(禪雲寺) 동백군락지는 거의 동백의 북방한계선이다. 이곳 동백의 개화 시기는 3월 하순에서 4월까지로 동백이라기보다 춘백(春柏)이라는 표현이 더 어울리기도 한다.

흔히들 동백은 두 번 피는 꽃이라고 이야기한다. 한 번은 나무에 피고 한 번은 떨어져서 길 위에서 피어난다는 것이다. 그러나 고창 선운사의 동백은 세 번 핀다. 모가지째 뚝뚝 떨어지는 선운사 동백은 120여 년 전 평등 세상을 꿈꾸다 목이 잘린 동학도들의 염원을 담아 우리 가슴속에서 붉게 타오른다. 선운사는 미륵부처가 있다는 도솔산(兜率山)에 있다.

1892년 여름 전봉준, 김개남과 더불어 동학의 3거두였던 손화중은 '선운사 뒤 마애불 부처의 복장(腹藏)에서 세상에 나오는 날 한성이 망한다'라는 전설의 비결(祕訣)을 꺼낸다. 동학농민전쟁에 직접 참여했고 현장에서 비결을 꺼낸 혐의로 붙잡혀 사형 선고까지 받았던 오지영이 쓴 동학사(東學史)에 나오는 이야기이다. 손화중은 그로부터 2년 반 뒤, 선운사 동백꽃이 한창일 때 전봉준 등과 함께 서울에서 처형된다.

1894년 10월부터 이듬해 2월까지 동학농민전쟁에서 전사한 동학군은 무려 3만 명, 열악한 의료 환경 탓에 결국 사망에 이른 전상자까지 합치면 5만 명에 이르고 진압과정에 함께한 일반 의병과 농민을 다 합하면 피살자 수는 최대 10만 명이 넘을 수도 있다고 추정된다. 그해 남도의 동백은 그야말로 핏빛처럼 붉었을 것이다. 그럼에도 이곳 고창 출신 시인으로 「선운사 동구」를 쓴 미당 서정주의 감성은 달랐다.

선운사 고랑으로
선운사 동백꽃을 보러 갔더니
동백꽃은 아직 일러 피지 않았고
막걸릿집 여자의 육자배기 가락에
작년 것만 상기도 남았습니다.
그것도 목이 쉬어 남았습니다.

동백꽃을 '눈물처럼 후드득 지는 꽃'으로 생각한 가수 송창식 정도의 의식조차 없었던 것 같다.

단 한 번도 아래로부터의 혁명을 경험해보지 못한 나라, 동학도들이 꿈꾸었던 평등세상은 그렇게 짧게 끝이 났다. 그래서 영화 〈돈의 맛〉에 나오는 재벌 2세는 이렇게 이야기한다.

" 너희들은 그냥 무릎 꿇고 머리 조아리고 살아."

붉은 동백의 꽃말 가운데는 '기다림'이 있다. 무엇을 얼마나 더 기다려야 하는가?

사진은 배꼽 부근에 구멍을 뚫었던 흔적이 아직도 엊그제 상처처럼 선명한 도솔암 마애불이다. (2019년 4월 14일)

4월은 잔인한 달,
기억과 욕망을 뒤섞고

사월은 가장 잔인한 달
죽은 땅에서 라일락을 피우고
기억과 욕망을 뒤섞으며
봄비로 잠든 뿌리를 뒤흔든다.

4월만 되면 T. S. 엘리엇의 「황무지(The Waste Land)」가 뜬금없이 소환되던 시절이 있었다. 엘리엇은 노벨상까지 받은 영국 시인이었기에 우리나라에서 빨갱이 시인으로 분류되지 않았다. 그래서 유신과 군부독재 시절에도 은유적으로 '4월은 잔인한 달'이라는 시구를 인용할 수 있었을 것이다.

그 시절이 한참이나 지났는데도 대한민국의 4월은 여전히 잔인한 달이다. 2014년 4월 16일 세월호가 침몰하면서 304명이 숨졌고 아직도 다섯 명은 차가운 바다에서 돌아오지 못하고 있기 때문이다. 자식들의 억울한 죽음도 모자라 부모들은 억울한 막말까지 듣는다.

"자식의 죽음에 대한 세간의 동병상련을 회 쳐 먹고, 찜 쪄 먹고, 그것도 모자라 뼈까지 발라 먹고 진짜 징하게 해쳐 먹는다." 차명진 전 의원의 말이다. 왜 '억울한 죽음'에 대한 생각들이 이렇게나 다를까?

실학파의 이서구는 18세기를 대표하는 열린 지식인 가운데 한 명이다. 어느 날 이서구는 술주정하는 집안의 하인을 때려죽이라고 명하고 마침내 그 하인이 맞아 죽자 "내 집안에 대대로 내려오는 물건이니 장사를 후히 지내주라" 지시한다. 이서구는 전라도관찰사를 두 번이나 역임했다. 전라북도에만 그를 기리는 공덕비와 불망기가 26개나 있을 정도로 나름의 선정을 베풀었다고 전해진다. 남도지역의 풍수와 관련된 이야기에도 거의 빠지지 않고 등장한다. 학식도 있으면서 서민의 어려움에 공감하는 목민관 캐릭터이다. 그런데도 그는 자기 집안의 노비는 때려죽여도 되는 물건쯤으로 생각한 것이다.

로마 시대의 귀부인들은 노예들이 보는 앞에서 목욕도 하고 속옷도 갈아입었다. 이서구나 로마 귀부인들에게 있어 하인이나 노예는 배려해야 하는 '인간'이 아니었던 것이다. 그래서 귀부인들은 노예 앞에서 알몸으로 목욕을 해도 부끄러움이 없었다.

조선 말 양반들은 나라가 망하는 것보다 상놈들이 고개를 쳐들어 반상(班常)의 질서가 무너지는 것을 더욱 두려워했다. 그래서 의병 활동을 하다가도 평민의병장이 이의를 제기하면 전력의 약화를 감수하고 죽였다. 충북 제천의 김백선이 그랬고 경북 영덕의 신돌석도 양반 출신 의병의 밀고로 체포돼 처형을 당했다. '인간에 대한 예의', '약자에 대한 배려'조차 사라져 가는 요즘 한국사회를 보면, 우리가 아직도 양반 상놈 따지던 조선시대에서 그렇게 멀리 오지 못한 게 아닌가 하는 생각이 든다. 목포 신항에 거치 중인 세월호가 육지로 올라와 갈 곳을 잃고 있는 것처럼. (2019년 4월 16일)

보릿고개와 청보리밭의 경관농업

　지금은 잊혀 가는 단어 가운데 '보릿고개'가 있다. 보릿고개는 지난해 가을 수확한 양식이 바닥나고 올해 보리는 미처 여물지 않은, 봄에서 초여름에 이르는 기간이다.

　보릿고개 시절, 견디기 어려울 정도로 배가 고프면 덜 익은 보리를 베어 가마솥에 넣고 쪘다. 찐보리는 햇볕에 말린 뒤 다시 절구통에서 방아 찧듯 찧었다. 그걸 '청보리쌀'이라 불렀고, 그 쌀로 밥을 지어 배고픔을 달래고 시절을 견뎠다. 춘궁기가 얼마나 힘들었던지 시인 황금찬은 '보릿고개'가 에베레스트보다 더 높은 '안 넘을 수 없는 운명의 해발 구천 미터'라고 했다.

　그 보리밭이 이제는 볼거리, 즐길 거리가 되었다. 이른바 경관농업(景觀農業)이다.

　고창 학원농장에서는 이맘때면 15만 평의 드넓은 밭이 청보리의 물결로 넘실된다. 해마다 찾아오는 관광객만 50여만 명. 청보리밭이 알려지면서 고창군은 주변 농가에도 보리 재배를 적극적으로 권장해 이제는 농사 짓는 면적이 인근 마을까지 25만여 평으로 늘어났다.

보리가 완전히 익는 6월이 되면 서둘러 수확을 끝낸 농장들은 메밀밭으로 변모한다. 메밀은 성장이 빠르고 김을 매지 않아도 되기 때문에 특별히 일손이 필요하지도 않다. 메밀밭도 도시 사람들에게는 관광상품이다. 이효석이 1936년 발표한 단편소설『메밀꽃 필 무렵』에서 너무 탐미적으로 묘사한 탓인지도 모른다.

> 달은 지금 긴 산허리에 걸려 있다. 밤중을 지난 무렵인지 죽은 듯이 고요한 속에서 짐승 같은 달의 숨소리가 손에 잡힐 듯이 들리며, 콩 포기와 옥수수 잎새가 한층 달에 푸르게 젖었다. 산허리는 온통 메밀밭이어서 피기 시작한 꽃이 소금을 뿌린 듯이 흐붓한 달빛에 숨이 막힐 지경이다.

125년 전 전봉준은 이곳 고창에서 동학 조직을 농민군으로 재편하고 부패한 집권세력과 관리들의 처단에 나선다. 이에 대장으로 전봉준, 총관령(總管領)으로 손화중·김개남이 추대된다. 수세 때문에 항의하던 배고픈 농민들이, 양반들만 잘사는 세상이 아니라 다 함께 사는 새 세상을 만들어 보겠다고 본격적으로 나섰던 것이다. 그들은 지역 민란의 수준을 넘어 한양까지 가는 꿈을 꾸었다.

만석보를 지어 그들을 수탈했던 고부군수 조병갑은 민란

이 일어나자 문책을 당해 거금도로 귀양을 간다. 하지만 그는 동학혁명이 실패로 끝나자 1년 만에 사면을 받고 이번에는 재판관이 되었다. 재판관이 된 지 한 달 뒤 그는 동학의 2대 교주 최시형에게 '사술(邪術)'죄로 교수형을 선고한다.

그렇게 세월은 흘렀다. 보릿고개가 힘들어 동학농민전쟁의 출발지가 되었던 고창은 이제 보리밭을 관광객들에게 구경시켜주고 수입을 올리고 있다. 그렇게 보면 세상은 많이 변했다고 할 수 있다. 하지만 아직도 우리나라가, 땀 흘려 버는 노동의 가치보다 땅이나 부동산으로 버는 자산소득의 비중이 훨씬 크고, OECD 국가 중에서 미국 다음으로 소득 격차가 큰 나라라는 것을 생각해보면, 세상은 또 그렇게 많이 변하지 않은 것 같기도 하다. (2019년 4월 17일)

무등은 우열을 다투지 않는다

인구 100만 명이 넘는 대도시 내에 1천 미터 이상의 높은 산이 있는 곳은 한국에서 광주가 유일하다. 광주의 진산은 바로 1,187미터의 높이를 자랑하는 무등산이다. 무등산의 이름은 불교 반야심경의 시무등등주(是無等等呪)에서 왔다. 무등(無等)은 높이를 헤아릴 수 없고 견줄 만한 상대가 없어 등급을 매기고 싶어도 매길 수 없다는 뜻이다.

가장 높은 것이 하나만 존재한다고 보는 것이 세속적 관점이라면 무등은 다 같이 높은, 더 이상 우열을 다투지 않는 상태를 의미한다. 그래서인지 무등산은 뾰족뾰족한 산이 아니라 둥글고 완만한 곡선을 이루고 있다. 무등산이 화순으로 뻗은 8부 능선인 해발 950미터쯤에, 제비 둥지처럼 규봉암(圭峰庵)이 자리 잡고 있다. 무등산은 화산 분출에 의한 크고 작은 암석 파편의 퇴적으로 만들어진 주상절리(柱狀節理)로도 유명하다. 규봉암의 광석대(廣石臺)는 서석대(瑞石臺), 입석대(立石臺)와 함께 가장 규모가 크고 아름다운 주상절리로 알려져 있다.

무등산을 대표하는 시는 아무래도 서정주의 「무등을 보며」

일 것이다.

가난이야 한낱 남루에 지나지 않는다.
저 눈부신 햇빛 속에 갈매빛의 등성이를 드러내고 서
있는
여름 산 같은
우리들의 타고난 살결. 타고난 마음씨까지야 다 가릴 수
있으랴.

청산이 그 무릎 아래 지란(芝蘭)을 기르듯
우리는 우리 새끼들을 기를 수밖에 없다.

(…)

어느 가시덤불 쑥구렁에 놓일지라도
우리는 늘 옥돌같이 호젓이 묻혔다고 생각할 일이요
청태(靑苔)라도 자욱이 끼일 일인 것이다.

청소년 시절 이 시는 어려움을 버티게 하는 위안이었다. 그
렇지만 시험 잘 친다고 유능한 것이 아니듯, 시 잘 쓴다고 세
상 물정을 잘 아는 것이 아니라는 것을, 이 시는 또 보여주기
도 한다. 서정주는 친일시인이었고 전두환 생일 축시를 쓰고

거금을 받기도 했으니.

규봉암 입구에 마치 당간지주처럼 버티고 있는 바위에는 관찰사 이광문을 비롯한 목사와 암행어사들의 이름이 새겨져 있다. 이광문에 대해서는 1827년 전라관찰사 시절 곡성에서 가톨릭신자들을 탄압하고 그 뒤 이조판서, 우찬성까지 승승 장구했다는 기록이 남아 있다. 바위에 훈장처럼 새긴 이름이 나중에 다른 평가를 받게 될 것을 그는 상상이나 했을까?

사진은 무등산 규봉암이다. (2019년 5월 8일)

창조는 단지 연결이다

아이폰으로 세상을 바꾼 스티브 잡스는 자신은 새로운 것을 창조한 것이 아니라 기존에 있는 것들을 단지 '연결'했을 따름이라고 말한다. 나는 4차산업혁명도 그런 것이라고 생각한다. 기존에 있는 것들을 '스마트'화(공급자 관점이 아닌 소비자 관점에서)해서 이용자 편익을 증가시키는 것, 그것이 바로 '창조'이고 '4차산업혁명'이라는 말이다.

주말, 진도 운림산방(雲林山房)을 둘러보고 문득 든 생각이다. 운림산방의 유래는 조선시대 남화의 대가였던 소치 허련(小痴 許鍊)으로부터 시작된다. 추사의 제주 유배 시절 당시 임금이었던 헌종은 추사의 열렬한 팬이었다. 헌종의 지시를 받은 소치는 제주를 찾아 추사의 글씨와 그림을 받아 몇 차례나 헌종에게 전달한다. 소치 자신도 뛰어난 화가였다. 헌종에게 압록강 동쪽에서는 소치와 비교할 사람이 없다는 평을 받을 정도였다. 그는 1856년 스승인 추사 김정희가 타계하자 고향인 진도에 내려가 운림각이라는 초가를 짓고 그곳에서 생활한다.

운림각은 그 뒤 허련 집안에서 5대를 내려오면서 한국화의 산실이 되었고 운림산방이라는 이름으로 고쳐 불리게 된다. 연못 한가운데 섬을 만들고 배롱나무 한 그루를 심은 한국식 정원이 단아한 느낌을 선사한다. 한 집안에서 그림으로만 5대가 이어지는 것은 외국에서도 유례를 찾아보기 어렵다. 운림산방 부근에는 기념관이 있고 소치와 후손들의 작품이 대부분 복제품으로 전시되어 있다. 진도군청에서는 남도미술관을 별도로 만들어 지역 작가들의 작품을 전시하고 판매도 지원하고 있다.

아날로그적 스토리는 대단히 훌륭하다. 하지만 그것뿐이다. 추사가 써 준(추사의 글씨를 모아서 판각한 집자) '소허암(小許庵)'이라는 당호조차 읽지 못하고, 옛 그림에 관심 없는 대부분의 사람들에게 운림산방은 그저 예쁘게 잘 가꿔진 정원에 불과하다.

반면 지난주에 다녀온 제주 '빛의 벙커'는 4차산업혁명에서 '융합' 혹은 '크로스 사이트(cross-sight)'가 무엇인지를 보여준다. 통신시설로 쓰이던 벙커에 수십 대의 빔프로젝터와 스피커를 설치해 거장의 작품과 음악을 재해석하고 몰입할 수 있게 해준다. 관능적인 여성 이미지와 찬란한 황금빛, 화려한 색채를 특징으로 하는 구스타프 클림트의 전시회였다. 안 그래도 화려한 색감의 클림트 작품이 최대 100미터의 거대한 벽을 캔버스로 삼아 조명과 음악 속에 펼쳐졌다. 프랑스에서 제작한 몰입형 미디어아트라고 하는데, 클림트는 심지어 프랑스 사람도 아니다. 클림트는 죽을 때까지 빈을 사랑했던 오스트리아 사람이다.

운림산방이 유홍준 유의 문화유산 답사기 같은 아날로그 아트라면 클림트 전시회는 4차산업혁명 시기의 디지털미디어 아트이다. 운림산방 입장료는 고작 2천 원인 데 비해 클림트 전시회는 1인당 1만 5천 원이었다. 그래도 사람들은 제주까지 찾아가 길게 줄을 섰다. (2019년 5월 7일)

삼별초, 반역자와 충성스러운
신하 사이에서

미셸 푸코는 서양문명의 핵심적 전제인 '합리적 이성'을 잘 믿지 않는 사람이다. 그는 이렇게 이야기한다. "모든 지식은 정치적 권력을 담고 있다." 니체가 "모든 진리는 휘어져 있다" 라고 한 것도 비슷한 맥락일 것이다. 해당 지식이 어떤 집단의 의지와 이해관계를 반영하고 있는지를 늘 주의 깊게 들여다 보아야 한다는 의미일 것이다.

현재 진행 중인 사항에 대한 판단은 물론 쉽지 않지만, 이미 확정되어버린 과거에 대한 평가도 사실은 간단치 않다. 뉴라이트의 대표적 이론가인 이영훈 교수는 조선시대 세종이 노비제를 강화하고 기생제도와 사대주의 국가체제를 정착했다고 주장하며 세종은 성군이 아니라고 말한다.

그는 또 경제적 수치 등을 들이대면서 일제강점기 동안 철도가 부설되고 경제발전이 이루어졌다고 주장한다. 그런데 과연 14세기 세종을 21세기의 관점에서 평가하는 것이 정당한 일일까? 일제가 철도를 부설한 목적이 정말 조선 민중을 위한 것이었을까? 농부가 외양간을 개량하는 것이 자신의 이익이 아니라 소를 위한 마음일까? 그렇다면 철도를 파괴하려고 애썼던 조선 말 의병들의 항일투쟁은 정말 무지하고 덧없는 것이 된다.

지난주 진도에서 삼별초 유적을 보면서 든 생각도 이런 것들이었다. 몽골이 침략하자 고려 왕실과 지배층은 수도를 개경에서 강화도로 옮긴다. 방치된 백성들은 「청산별곡」 가사에 나오는 것처럼 깊은 산이나 외딴 섬에서 힘들게 숨어 살았다. 고려 고종 41년, 1254년의 『고려사』 기록에는 '이 해에 몽골군의 포로가 된 남녀는 20만 6천800여 명이었고 살육당한 사람들은 이루 셀 수가 없었다'라고 적혀 있다.

삼별초는 이 시기 무신정권을 무력으로 지탱한 '최씨 집안의 날카로운 발톱과 이빨'이면서 동시에 몽골군에 대항하는 특수부대이기도 했다. 1270년 고려 원종은 강화도에서 개경으로 돌아가기로 하고 삼별초에 대해 해산 명령을 내린다. 배중손을 중심으로 한 삼별초군은 원종의 6촌이었던 승화후 왕온을 새로운 왕으로 추대하고 진도로 거점을 옮겨, 자신들이 고려의 정통정부임을 천명한다. 진도는 제주도와 거제도에 이어 한반도에서 세 번째로 큰 섬이기도 하고 일대의 용장사 등은 최씨 일가와 연고가 있었다. 지리적으로도 요충지였다.

그러나 여몽연합군의 공격으로 삼별초의 꿈은 1년도 안 돼 좌절되고 그들이 근거로 삼았던 진도 용장산성은 흔적도 찾기 어려울 정도로 철저하게 파괴된다.

그들은 최씨 정권의 칼로서 기득권을 버릴 수 없었던 것일까? 아니면 단지, 몽골에 대항해 싸우고자 한 용맹스러운 군대의 역할을 한 것이었을까? 국왕의 해산명령에 반기를 든 반역자였을까? 그것도 아니면 새로운 세상을 꿈꾸었던 고려의 충성스러운 신하였을까?

고려 조정은 삼별초군을 진압한 뒤 철저한 파괴를 통해 진도에 삼별초의 흔적조차 남기지 않으려 했다. 그럼에도 진도 사람들은 배중손의 사당을 만들고 신으로 모셨다.

PS. 요즈음 진도는 트로트 가수 송가인의 고향으로 더 유명하다. 송가인의 어머니는 무형문화재인 '진도 씻김굿 전수조교'로 노무현 전 대통령 추모제 때 직접 씻김굿을 하기도 했다. (2019년 5월 10일)

세연정과 혹약암,
내려놓은 것과 놓지 못한 것

여름휴가를 맞아 보길도를 찾았다. 해남 보길도의 세연정 (洗然亭)은 한국의 대표적인 원림(園林)이다. 원림은 거대한 규모의 중국 정원, 인공적으로 대단히 정교한 일본 정원에 비해 자연을 끌어들여 자연과 하나가 되는, 무위자연(無爲自然)의 세계를 현실에 구현하려 하는 곳이다.

병자호란 이후 세상사에 뜻을 잃은 윤선도가 제주로 향하다 발견한 곳이 바로 보길도 부용동이다. 윤선도는 이곳에 살림집인 낙서재(樂書齋)를 짓고 세연정을 조성한다. 삼면이 인공연못이고 가운데가 정자인데, 연못 속의 기암괴석들의 이름이 의미심장하다. 그 가운데 하나가 혹약암(或躍巖)이다. 주역의 혹약재연(或躍在淵)에서 따온 이름인데, 혹약재연은 용이 승천하기 위한 준비과정으로 아직 몸은 연못에 있지만 연습 삼아 뛰어본다는 뜻이다. 비록 몸은 부용동에 있지만 마음은 아직 세속을 떠나지 못한 윤선도의 속마음이 담긴 작명이다.

고산은 이곳에서 「어부사시사(漁父四時詞)」 4계절 40수의 연시조를 짓는다. 그의 나이 예순다섯에 지은 「어부사시사」의 첫 수는 이렇다.

> 동풍이 건듯 부니 물결이 곱게 일렁이네
> 돛 달아라 돛 달아라
> 동호를 돌아보며 서호로 가자꾸나
> 지국청 지국청 어기여차
> 앞산이 지나가고 뒷산이 다가온다

윤선도의 5대손인 윤위는 『보길도지』에서 고산(孤山)의 하루를 이렇게 묘사한다.

> 일기가 청화(淸和)하면 반드시 세연정으로 향하되
> 학관(고산의 서자)의 어머니는 오찬을 갖추어 그 뒤를
> 따랐다. 정자에 당도하면 자제들은 시립(侍立)을
> 하고 기희(妓姬)들이 모시는 가운데 못 중앙에 작은
> 배를 띄웠다. 그리고 남자아이에게 채색옷을 입혀
> 배를 일렁이며 돌게 하고 공이 지은 어부사시사 등의
> 가사로 완만한 음절에 따라 노래를 부르게 하였다.
> (…) 칠암(七岩, 세연지에 잠긴 바위들)에서 낚싯대를
> 드리우기도 하고 동·서도(양쪽 연못 안에 있는 섬)에서
> 연밥을 따기도 하다가 해가 저물어서야 무민당에
> 돌아왔다. 그 후에는 촛불을 밝히고 밤놀이를 했다.

이러한 일과는 고산이 아프거나 걱정할 일이 없으면 거른 적이 없었다. 이는 '하루도 음악이 없으면 성정을 수양하며 세간의 걱정을 잊을 수 없다'라는 것이다.

'세연정'은 경관이 물에 씻은 듯 깨끗하고 단정하여 기분이 상쾌해진다는 뜻이다. 근데 요즘에도 뱃길로 한참 들어가야 하는 작은 섬에 악공과 기생들은 어디서 데려왔을까? 매일 그랬다면 하인처럼 집 안에 상시적으로 있었다는 뜻인데.

부용동 마을 전체를 개인 원림처럼 조성하고 유지하는 데 필요한 경제력은 어떻게 만들어졌을까? 자료를 찾아보니 윤씨 집안의 해남 입향조는 부잣집 딸과 결혼해 균분 상속의 혜택을 받았고 임란 이후에는 장자상속으로 바뀌면서 더욱 부가 집중되었다. 또 집안의 많은 노비들을 동원해 갯벌을 간척해서 농지로 만들었다고 한다. 당시 기록에 따르면 고산에게는 농토가 약 40만 평, 노비가 610명, 기생과 첩이 30여 명이 있었다고 한다. 그는 호남 최대의 부자였다. 그 부를 바탕으로 보길도를 고산 윤선도타운으로 조성한 것이다.

윤선도는 다재다능했다. 75수에 이르는 한글 시조도 짓고 악기도 만들고 풍수에도 일가견이 있었다. 할 말은 하다가 세 차례에 걸쳐 16년 동안 유배생활도 했다. 뜻밖에도 그가 가장 오래 살았던 곳은 서울이다. 잦은 풍파로 그가 보길도에서 보낸 시간은 불과 13년 정도이다. 그래도 마지막은 보길도에서 보내고 지금은 그가 직접 선택한 회룡고조(回龍顧祖)형의 명당이라는 해남 금쇄동에 누워 있다. 그만하면 부러울 것 없이 한세상 잘 살고 갔다고 해야 할 것이다. (2019년 7월 30일)

'엄니'산에서 키웠던 변혁의 '꿈'

전북 김제 모악산은 호남평야의 뒷배가 되는 산이다. 전북 대부분의 시군에서 그 모습을 볼 수 있어 '큰 산', 혹은 '엄니' 산이라는 뜻에서 한자로 '모악산(母岳山)'이라고 불린다. 한반도에서 가장 변혁 사상이 왕성했던 곳이 이곳이다.

금산사(金山寺)가 모악산의 꽃심[花心]에 있다면 모악산 배꼽 바로 밑, 단전(丹田)에는 금평저수지가 자리 잡고 있다. 금평저수지를 이곳 사람들은 '오리알 터'라고 부른다. '올(來) 터'에서 유래한 이 말은, 고통받는 중생들을 위해 메시아가 오는 터라는 의미이다. 하지만 모악산 주변에서 키웠던 변혁의 꿈이 꺾이고 좌절당한 이들이 늘어났지만, 아직 세상은 바뀌지 않았다.

경북 상주 출신으로 후백제를 세웠던 견훤의 마지막 꿈이 스러진 곳도 이곳이다. 견훤은 아들에게 왕위를 찬탈당하고 모악산 기슭 금산사(金山寺)에 3개월 동안 감금을 당한다. 그 곳은 자신이 미륵사상을 기반으로 세력을 결집했었던 곳이기도 했다.

조선 선조 때의 풍운아 정여립이 살았던 곳도 금평저수지

부근이다. 그는 서른아홉에 한양의 벼슬을 버리고 이곳에 터를 잡고 살면서 대동계(大同契)를 만들어 양반과 상놈의 차별, 사농공상의 차별, 남녀의 차별이 없는 '더불어 사는 세상'을 꿈꿨다. '천하는 공물(公物)인데 어찌 일정한 주인이 있느냐' 하는 등, 기득권 엘리트층이 보면 위험한 발언을 서슴지 않다가 결국은 확실치도 않은 모함 때문에 역모로 몰려 비극적 최후를 맞았다.

전봉준도 오리알 터 아랫마을에서 유년 시절의 대부분을 보냈다. 동학혁명 때 마지막까지 그의 동지였던 금구 접주 김덕명과 태인 접주 손화중을 그 시절에 만났다. 그들은 이곳에서 '사람이 하늘'인 세상을 꿈꿨다. '사람이 하늘(人乃天)'이라는 표현은 마치 '사람이 먼저다'의 120여 년 전 버전 같기도 하다.

강증산도 정여립 집터 바로 옆 동곡마을에 약방을 차려놓고 구한말 절망에 빠진 백성들을 구제한다. 그는 차별받지 않는 후천개벽(後天開闢)과 해원상생(解冤相生)의 세상을 꿈꾸었지만 결국에는 그가 평소에 이야기했던 대로 '질병으로 고통받는 중생들을 대신해 세상의 모든 병마를 짊어지고' 서른여덟에 미륵의 세상으로 떠났다.

이제 모악산에 남은 것은 미륵불뿐이다. 미륵불은 국보 제62호인 미륵전 안에 우뚝 서 있다.

석가모니불이 앉은 상태라면 미륵불은 일어서 있다. 발을 내딛고 움직이기 직전의 모습이다.

　그런데도 왜 미륵불이 우리 곁으로 오기까지 56억 7천만 년의 기나긴 세월이 필요할까? 변혁의 세상, 차별받지 않는 공정하고 정의로운 세상은 그토록 아득하고 먼 것일까?

　미륵성지 금산사에는 승과 속을 나누는 경계인 삼문(일주문, 금강문, 천왕문)을 지나서까지 승용차들이 즐비하게 늘어서 있고 미륵불을 친견하려면 그마저도 별도의 시주를 내야만 한다. 이제는 미륵도 돈 있는 사람들만을 위한 부처인가? 아니면 현란한 말과는 달리 우리들의 실제 마음은 변혁을 절실하게 바라고 있지 않은 것일까? (2019년 10월 27일)

저수지로 변한 호남의 벽골제

　지역의 이름은 옛사람들이 중요하게 생각했던 산이나 강, 호수와의 관련에서 비롯되는 경우가 많다. 중국의 산동성(山東省)과 산서성(山西省)은 산의 동쪽과 서쪽에 있다는 의미다. 이 산이 바로 태항산(太行山)이다. 호수의 남북에 있다는, 호남성과 호북성의 기준은 해군 전투훈련도 가능할 정도로 큰 동정호(洞庭湖)였다.

　우리나라의 경우도 비슷하다. 서울의 옛 이름인 한양(漢陽)은 한강의 북쪽이라는 뜻이다. 고려 말부터 통용되어 온 영남이라는 지역명은 문경새재, 한자로는 조령(鳥嶺)의 남쪽을 의미한다.

　전라도 지역의 별칭은 호남(湖南)이다. 이때의 호수는 대체로 전북 김제 벽골제(碧骨堤)를 지칭한다. 벽골제는 서기 330년 백제 비류왕 27년에 축조된 우리나라에서 가장 오래되고 가장 거대했던 농경용 저수지였다. 둘레가 40km, 100리에 이를 정도였다고 하니 그 시절 사람들의 기준으로는 거대한 호수였을 법도 하다. 그렇게 조성된 벽골제는 한반도에서 가장 큰 만경평야의 젖줄이 된다. 만경(萬頃) 자체가 '일만 이랑'이라는 뜻이다.

이 땅에 살았던 선조들의 벼농사에 대한 애착은 대단했던 모양이다. 중국이나 일본에도 없는 '답(畓, 논)'이라는 글자를 새로 만들어냈을 정도이다. 중국과 일본에서는 벼농사를 위한 논을 '수전(水田)'이라고 표기한다.

> 그 끝이 하늘과 맞닿아 있는 넓은 들판은 어느 누구나 기를 쓰고 걸어도 언제나 제자리걸음을 하고 있는 것 같은 착각에 빠지게 만들었다.

조정래는 소설 『아리랑』에서 만경평야를 이렇게 묘사한다. 하지만 넓고 풍요로운 땅은 수탈과 착취의 대상이었다. 그래서 『아리랑』에는 만경평야를 무대로 한 일제의 수탈과 강제징용, 소작쟁의, 독립운동 등 조선 후기부터 해방에 이르기까지의 격동의 모습이 그려진다. 그러나 『반일종족주의』의 저자 이영훈은 이러한 『아리랑』의 이야기들이 전부 소설적 허구라고 주장한다.

이영훈은, 벽골제는 바닷물 유입을 막는 방조제로 그 하류 『아리랑』의 주인공이 살던 지역은 농사를 지을 수 없는 바다 갯벌이라고 한다. 토지조사사업으로 뺏겼다는 땅은 그 시절 농사가 불가능한 갯벌이었다는 것이다.

이영훈의 고교, 대학 동기이면서 그와 함께 식민지근대화론을 주장한 안병직의 제자인, 충남대 허수열 명예교수는 이영훈의 주장이 오히려 엉터리라고 말한다.

"수리조합 신청서에 첨부된 당시 '동진강 수리조합 구역도'를 보면 이 지역에 마을과 수로 표시가 있다. 갯벌에 수로 표시를 할 이유가 있을까. 서울대 규장각에 있는 1872년 지도에는 전북 김제군에 5개 장시(5일장)가 있는데 그중 두 개가 벽골제 하류에 있다. 갯벌 위에 5일장이 열릴 수 없다."

일제강점기의 가장 큰 경지소유자였던 동양척식주식회사는 소작료로 수확량의 70~80%까지 요구했다. 소작료가 70%든 80%든 이영훈의 말대로라면 법적으로는 계약에 의한 것이다. 조선의 쌀이 일본으로 간 것도 돈을 주고 가져갔으니 '수출'인 것은 맞다. 그러나 정상적인 사회통념으로는 그것을 '약탈'이라고 부른다.

어쨌거나 한때 둘레만 백 리가 넘었다는 벽골제는, 지금은 저수지처럼 조그맣게 남아 있다. 보수가 제대로 이루어지지 않아 물이 빠져나간 땅에 사람들이 계속해 농사를 지어 온 탓이다. 그렇게 세월도 인물도 풍상도 변했다. 농사가 천하지대본이었던 시절, 위정자들은 벽골제의 유지와 보수에 심혈을 기울였다. 물론 땀 흘린 것이 위정자 자신들은 아니었다.

846년 섬사람 주제에 감히 왕위 계승전에 개입하고, 딸을 왕비로 보내려 했던 장보고는 청해진에서 믿었던 부하에게 암살당한다. 지금과 마찬가지로 그때도 기득권의 배타성은 대단했던 것이다. 그가 죽고 나서 5년 뒤, 청해진의 사람들은 이곳 김제 벽골제로 끌려온다. 반란도 우려되고 노동력도 필요했기 때문일 것이다. 『삼국사기』는 무려 10만에 이르렀던 그들이 이곳에서 천민생활을 하면서 벽골제의 수리 보수를 담당했다고 전한다.

벽골제가 있는 만경벌에 가면 한국에서는 유일하게 지평선을 볼 수 있다. (2019년 10월 28일)

3부

ICT 세상에는

지방(地方)이

없다

4차산업혁명과 부산

변화는 하루아침에 이루어지지 않는다. 책장 넘기듯이 순식간에 변화가 일어나는 일은 거의 없다.

증기선이 출현한 이후에도 범선은 70년 가까이 경쟁우위를 유지했다. 돛을 더 많이 달고 조금씩 디자인을 개량해 속도를 높였다. 파괴적 혁신 대신 그렇게 눈앞의 작은 개선에만 몰두했던 범선은 이제는 레저용으로만 남아 있다. 4차산업혁명도 마찬가지이다. 많은 분야에서 거론은 되지만 아직 현실에서는 잘 와닿지 않는다. 증기선 등장 초기, 범선 소유자들이 증기기관의 영향력을 과소평가했던 상황과도 흡사하다. 20년 전 빌 게이츠는 『생각의 속도』라는 책에서 열다섯 가지 전망을 언급한 바 있다. 다음은 그 가운데 일부다.

사람들은 어디서나 휴대용 단말기를 가지고 다니면서 전자거래, 뉴스, 증시상황을 보고 예약한 비행기 시각을 확인한다. 가격 비교 웹사이트가 등장하고 온라인으로 자신의 집을 모니터링할 수 있게 된다. 스포츠 사이트에서 실시간으로 경기에 대해 토론한다.

스마트비서가 등장하고 스마트광고도 출현한다.

불과 20년 만에 빌 게이츠의 전망은 대부분 현실이 되었다. 4차산업혁명의 초입인 요즈음 변화의 속도는 빌 게이츠의 『생각의 속도』보다도 훨씬 빠르다. 기계가 능동적으로 학습하는 '인공지능의 시대'이기 때문이다. 구글의 자회사인 딥마인드는 한국의 프로기사 이세돌 9단을 꺾기 위해 3천만 건의 바둑기보를 분석하고, 인간의 시간으로 1천 년가량의 데이터를 입력해 알파고를 개발했다. 그러나 다음 버전인 알파고 제로는 자료 입력 없이 혼자서 72시간 동안 학습해 알파고를 상대로 100전 100승을 거두었다. 인공지능이 주도하는 변화의 속도는 바로 그런 것이다.

2016년 1월 세계경제포럼이 주최한 다보스포럼에서 클라우스 슈밥 회장은 4차산업혁명을 선언했다. 4차산업혁명은 우리가 살고 있는 일상을 데이터화(빅데이터)해 인공지능이 이를 분석하고, 사람들에게 맞춤형 서비스를 제공하는 새로운 경제시스템이 될 것이라는 전망이었다. 현재는 전자상거래 업체인 알리바바를 비롯하여 현대카드나 OTT 사업자인 넷플릭스까지도 자신들은 '데이터기업'이라고 선언하고 있다.

4차산업혁명은 기존 인프라 기반 위에서 이루어지는 것이 결코 아니다. 모바일 페이의 사례를 들 때 흔히들 중국을 거론한다. 중국에서는 거지도 휴대전화로 구걸한다고들 한다.

국민소득이 천 달러 수준인, 세계 최빈국인 아프리카 국가들에서도 휴대전화 결제를 한다. 케냐, 탄자니아, 가나 등 아프리카 동남부지역에서도 모바일만으로 결제와 송금을 하고 있다. 은행조차 없었던, 금융이 가장 낙후되었던 지역이 '핀테크'의 최첨단지역이 된 것이다. 기존의 1, 2, 3차 산업혁명은 사회적 물리적 인프라 기반이 필요했지만 4차산업혁명은 다르다. 4차산업혁명은 비연속성이라는 디지털적 기술특성을 토대로 사이버공간에서 일어나기 때문이다.

4차산업혁명은 부산에는 그야말로 천재일우와 같은 기회이다. 부산보다 훨씬 인프라가 열악한 아프리카 국가에서도 최첨단 금융인 핀테크가 가능하고, 북한도 4차산업혁명의 테스트 베드가 될 수 있는데 부산이 못 하라는 법은 없다. 큰 그림을 그릴 수 있는 전략적 안목과 이를 현실화시킬 수 있는 솔루션 그리고 의지만 있으면 부산도 얼마든지 4차산업혁명의 중심도시가 될 수 있다. (2019년 1월 22일)

한국인터넷진흥원이 하는 일,
핏줄과 영양성분과 등뼈

한국인터넷진흥원이 무슨 일을 하느냐는 질문을 종종 받는다. 그러면 이렇게 대답한다.

"4차산업혁명 사회를 사람의 몸에 비유하면 인터넷은 핏줄에 해당한다. 데이터는 핏줄을 타고 흐르는 영양성분이라고 할 수 있는데 빅데이터 경제적 가치의 75%가 개인정보다. 인터넷진흥원은 그 인터넷망을 관리하고, 개인정보의 보호와 활용을 위한 업무를 맡고 있다. 거기에 더해 이제 모든 분야에서 기본이 되는 사이버 침해 대응업무까지 한다."

2019년 1월 베네수엘라의 발전소가 해킹으로 가동이 중단되었다. 그 결과 베네수엘라 대부분 지역에 며칠 동안 전기가 공급되지 않았다. 당연히 엄청난 사회적 혼란이 뒤따랐다. 스마트시티, 스마트팩토리, 자율주행차 모두 해킹으로부터 안전이 담보되지 않으면 기존보다 더 위험한 상황이 발생할 수 있다. 사이버침해 대응업무가 사회의 등뼈가 되는 것이다.

핏줄과 영양성분과 등뼈 없이 사람이 살 수 없듯이 인터넷진흥원의 역할이 없다면 4차산업혁명 사회는 사상누각일 수도 있다.

그러다 보니 언론 노출도 적지 않다. 12월 27일 기준으로 네이버에서 검색되는 보도 건수가 1만 1천662건, 매달 평균 971건 정도이다. 그 가운데서도 올 한 해 언론으로부터 특히 주목받은 업무는 전자문서 부문이다. 예를 들면 여권 만료 안내나 입영통지서, 교통범칙금 고지 등 지금까지 우편으로 받던 공공기관 고지서를 모바일로 받을 수 있게 한 것이다. 1인 가구가 많아지고, 집에 우편물을 받을 사람이 없는 경우가 많아지면서 도달률이 떨어지게 된 등기우편을 문자, 카카오톡 메시지 등 모바일로 대체하면 비용도 절약되고 받는 사람도 손쉬워진다. 연간 4억 2천만 건의 종이고지서를 전자문서 형태로 바꿔 모바일을 통해 보내면 2천억 원 이상 절감될 것으로 추산된다.

종이를 덜 쓰면 나무를 그만큼 적게 베어도 되니까 탄소배출 억제에도 도움이 될 것이다. 표준화의 문제가 남아 있긴 하지만 전자문서는 데이터경제시대의 원유가 될 수 있다는 부가적인 장점도 있다.

그래서 모바일고지는 UN의 공공행정부문, OECD의 정부혁신 사례 공모에 한국 대표사례로 소개되었다. 반면 그늘도 있다. 우편 배달 감소를 우려하는 우편집배원들의 목소리도 있고, 페이퍼리스(Paperless) 정책은 디지털기기 사용에 익숙하지 않은 노인이나 저소득층의 정보 소외 문제, 대규모 개인정보 유출이 우려된다는 제지협회의 주장도 있다.

사실 오늘날의 문명은 종이 위에 쓰인 지식과 정보의 계승, 전달, 발전을 통해 이루어졌다고 해도 과언이 아니다. 점토와 파피루스, 대나무, 나뭇잎 등에 담을 수 있는 정보의 양은 아무래도 한계가 있다. 믿거나 말거나 식의 이야기이긴 하지만 오늘날의 China의 원형을 만든 진의 시황제는 하루 200kg 분량의 죽간(竹簡)문서를 읽다가 과로사했다는 설도 있다. 그래봐야 정보량으로는 사실 얼마 되지 않는다. 한나라 시대 중국에서 처음 발명된 제지기술은 아랍을 거쳐 유럽으로 전해진다. 고구려 출신의 당나라 장수 고선지는 751년 탈라스 전투에서 크게 패하고 당시 포로가 된 당나라 기술자들에 의해 사마르칸트에 제지소가 처음 세워진다.

『부의 지도를 바꾼 회계사』라는 책에서는 레오나르도 다빈치의 등장도 종이 덕분에 가능했다고 기술하고 있다. 다빈치는 이탈리아의 상업도시 피렌치에서 태어났는데 아버지가 공증인이었던 덕분에 '종이를 자유롭게 손에 넣고 아이디어를 스케치'할 수 있었다는 것이다. 그 종이에 적혀 있던 지식과 정보들이 이제는 전자부호 텍스트로 바뀌고 있다. 아날로그시대가 저물고 디지털시대가 부상하는 것처럼.

(2019년 12월 29일)

범려와 자발적 노예의 길

출장 열차 안에서 앤드루 양이 쓴 『보통 사람들의 전쟁』이라는 책을 읽고 있다. 그는 미국 주요 도시에서 신규 기업 창업과 안정적 운영을 2년간 지원해주는 'Venture for America'의 창업자이자 CEO이다. 그는 현 시점을 기계와의 일자리 전쟁에 직면한 대량실업 시대라고 진단한다. 그는 또, 미국인 70%는 자기가 중산층이라고 생각하지만, 기업가들은 이들을 인건비가 싼 해외노동자나 소프트웨어, 로봇으로 교체하려고 한다고 말한다. 기업가들이 특별히 악의가 있어서가 아니라 효율성을 높여야(이익을 많이 남겨야) 보상을 받는 시스템이기 때문에 그렇다는 것이다.

그의 친구인 벤처투자가는 '마음이 편치는 않지만' 투자 대상으로 관심을 두고 있는 스타트업의 70%는 '일자리를 없애는 역할'을 할 회사라고 한다. 이에 앤드루 양은 우버가 택시기사들의 일자리를 없앴듯이 자율주행차가 등장하면 또 2018년 기준으로 220~310만 개의 승용차, 버스, 화물차 기사 일자리가 줄어들 것이라고 전망한다. 한국에서는 미국이 전례 없는 호황기를 보내고 있다고 하지만, 사실은 2000년 이후 자동화로 400만 개의 일자리가 없어졌고 그래서 미국인들의 경제활동 참가율은 엘살바도르나 우크라이나와 비슷한 62.9%에 불과하다고 책은 말하고 있다.

그래도 한국에서는 택시회사들은 전부 망하더라도 우버를 허가해주어야만 진정한 규제개혁인 것처럼 이야기한다.

열차에서 내려 역 구내 롯데리아 매장을 보니 모두 무인주문 스크린 앞에 줄을 서 있다. 롯데리아는 2014년부터 무인주문 시스템을 늘려나가고 있다. 무인주문 시스템은 이제 패스트푸드점뿐만 아니라 영화관, 편의점, 주유소, 공항, 철도역까지 분야와 영역을 가리지 않고 확산되고 있다. 이들은 왜 주문받는 사람을 없앴을까?

1)이익을 더 많이 남기기 위해 2)사람과 직접 대면을 원치 않는 젊은 층이 늘면서 3)이용자들의 대기시간을 줄이기 위해 4)최저임금 인상에 견디다 못해.

물론 모든 것들이 다 조금씩 원인이 되었을 것이다. 그런데도 일부 언론들은 오로지 최저임금 인상 때문에 최근 들어서야 갑작스럽게 이런 일들이 일어나고 있는 것처럼 프레임을 만들고 있다.

사마천의 『사기』에 등장하는 범려(范蠡)는 중국인들의 롤모델이다. 그는 월왕 구천을 도와 와신상담(臥薪嘗膽)의 신화를 만들었다. 그는 모든 분야에서 성공을 거두었다. 그는 중국 미인의 대명사인 서시의 애인이었고, 전쟁에서는 불패의 장군이자 명재상이었으며 나중에는 비범한 수완으로 큰돈을 벌고 아낌없이 베푼 이상적인 부자이기도 했다. 인간의 심리에도 통달한 그는 이렇게 말한다.

"무릇 사람은 자기보다 열 배나 되는 부자에 대해서는 헐뜯지만 백 배가 되면 두려워하고 천 배가 되면 그 사람의 일을 대신해 주고 만 배가 되면 그 집 노예가 된다."

이제 우리는 만 배의 부자들을 위한 자발적 노예의 길로 그렇게 가고 있는 것일까?

요즘 나주에는 참한 북한 여성과 결혼하라고 광고하는 현수막들이 곳곳에 붙어 있다. 결혼하는 그 여성은 이후에 가족이 될 수 있을까? 아니면 가족의 외피를 쓴 하인에 가까울까?

(2019년 3월 13일)

총성 없는 빅데이터 전쟁,
골든 타임을 잡아라

자동차 왕 포드는 세계 최초로 컨베이어시스템을 고안해 자동차 대량 생산에 성공한 사람이다. 그는 당시 750분이나 소요되던, 자동차 한 대를 조립하는 시간을 93분까지 줄였다. 이를 바탕으로 경쟁사들의 차량 가격이 2천 달러 수준이던 시절에 T형 자동차의 가격을 225달러까지 내렸다. 동시에 미국의 자동차 업계 근로자들의 평균임금이 2.3달러이던 시절, 포드자동차 근로자들의 임금을 5달러로 올리고 근무시간도 9시간에서 8시간으로 단축시켰다. 소득이 있어야 성장도 가능하다는 '소득주도 성장'이 최초로 성공한 사례를 보인 것이다.

4차산업혁명은 집단으로서나 추상적 개념으로서의 소비자가 아닌 실제 존재하는 소비자 한 사람 한 사람의 취향에 맞춘 제품생산과 서비스 제공을 가능하게 한다. 소비자 개인조차 자신의 생각을 정확하게 모르고 있어도 그들의 생각을 파악할 수 있는 것이다.

1991년 맥도날드는 고객들이 살이 찌지 않는 웰빙 버거를 선호한다는 설문 조사 결과를 믿고 다이어트 버거를 출시했다. 경쟁사는 개당 열량이 무려 1,420cal에 이르는 버거를 내놓았다. 경쟁사의 압승이었다. 설문 조사 결과와는 달리 사람들이 실제로 패스트푸드점에 찾아가는 이유는 '다이어트'가 아니라 군침을 삼키게 하는 '맛있는' 햄버거를 먹기 위해서이다.

그래서 요즘의 인공지능은 이렇게 이야기한다.

"I know what you mean(무슨 말인지 알겠어)."

본인조차 자신의 정확한 욕구를 모르고 있을 때도 그렇다. 이처럼 취향을 분석할 수 있는 대상이 되는 자료가 바로 빅데이터이다.

지난해 상반기 글로벌 시가총액 상위 10개 기업 가운데 7위까지가 애플, 구글, 아마존, 페이스북, 마이크로소프트, 알리바바, 텐센트였다. 애플과 마이크로소프트를 제외하면 10년 전에는 이 리스트에 없었던 기업들이다. 2018년 4/4분기 중국 알리바바의 매출은 19조 5천 억 원으로 삼성전자의 1/3에 불과하다. 하지만 유럽브랜드연구소는 알리바바가 가진 브랜드 가치를 전 세계 14위, 삼성전자를 16위로 평가했다. 이유는 알리바바는 무려 5억 명이라는 회원 데이터를 보유하고 활용한다는 것이었다. 자신의 플랫폼에서 빅데이터를 어떻게 활용하느냐를 핵심경쟁력으로 보고 있는 것이다. 19세기 제국주의가 영토와 자원을 확보하기 위한 전쟁이었다면 지금 세계는 데이터 확보를 위한 총성 없는 전쟁을 벌이고 있다.

그래서 글로벌 IT 자문회사인 가트너는 이렇게 이야기한다.

"IoT 시대, 냉장고는 공짜로 팔아라. 대신 사용자의 빅데이터를 팔면 수익이 5배가 된다."

제품이 아닌 데이터 기반 서비스가 돈이 되는 '데이터커머스시대'란 의미다.

부산의 기업들은 이 같은 흐름에 얼마나 대응하고 있을까? 가장 전통적인 업종인 제주의 삼다수도 빅데이터 분석을 통해 생산성과 매출을 30% 이상 높였다고 알려져 있다.

부산 제조업체들의 골든 타임이 그렇게 많이 남은 것 같지는 않아 보인다. (2019년 5월 7일)

북한의 국가총생산보다 많은
한국의 국방비

2018년 대한민국의 국방예산은 43조 1천581억 원이다. 2018년 북한의 국가총생산 36조 4천억 원보다 18.5%쯤 많다. 쉽게 이야기하면 한국 국방부가 쓰는 돈이 북한의 국가총생산보다 더 많다는 뜻이다. 대한민국의 일개 정부 부처가 쓰는 돈이 한 국가의 총생산액보다 많은 것이다.

통계청 자료에 따르면 2017년 한국의 국내총생산(명목GDP)은 약 1천569조 원, 북한 GDP는 36조 4천억 원이다. 북한의 GDP는 한국의 1/43 수준에 불과하다. 남북간 GDP 격차도 1990년 11배에서 2002년 32배, 2012년 38배로 해마다 커지고 있다. 소득 격차도 확대되고 있는데 2018년 한국의 1인당 총소득은 3천363만 원으로, 북한 146만 원보다 23배 많다.

이는 최근의 일이 아니라 오래전부터 누적된 결과이다. 한국이 군산복합체의 나라라서 내놓고 말을 안 해왔을 따름이다. 그런데도 어떤 사람들은 북한의 전투력이 한국보다 강하다고 전전긍긍한다. 그들은 또 문재인정부 출범 이후 안보위기가 더욱 가중되고 있다고 주장한다. 기무사가 사실상 해체되면서 북한 정보에 대한 파악도 어렵고 군 사병들 복무기간이 단축돼 전문성이 떨어졌다고 우려한다. 그동안 국방예산을 펑펑 써왔던 사람들이 주로 그런 얘기를 한다. 그들이 책임을 맡고 있던 시절에는 1개에 100만 원짜리 USB, 바다로 입수하지 못하는 잠수함, 물고기용 어군탐지기를 부착한 구축함 등 온갖 방산 비리들이 터졌었다.

그래서 18개월짜리 방위병 출신이 '국방보안 컨퍼런스' 키노트 스피치를 맡은 김에 국방부장관과 각군 참모총장 등 수십 명의 별들 앞에서 이슈를 던졌다. 주제는 4차산업혁명과 국방이었다.

예전의 전쟁은 전투부대 간 싸움이었다. 미국의 독립전쟁도, 프랑스 나폴레옹 시대의 전쟁도 그랬다. 조선시대 이괄의 난 때에는 한양 백성들이 인왕산에 올라가 전투를 구경했다는 기록도 남아 있다.

이제는 총력전의 세상이다. 전후방 개념이 없기도 하고 민·관·군이 모두 함께하는 경제전 개념이 커졌기 때문이기도 한, 4차산업혁명 시기는 온라인과 오프라인이 함께해야 하는, 그야말로 총력전의 때이다.

지난 5월 미국과 이란이 전쟁 일보 직전까지 갔던 사실은 잘 알려져 있다. 각각 해커들을 동원해 서로의 군사시설과 사회기반시설 등을 무력화하려고 했던 것이다. 그래서 4차산업혁명 시대에 대한 군의 대응을 주문했다. 이제는 드론을 띄워 VIP 경호를 하고 관측병 대신 드론이 보내주는 GPS 정보로 포격훈련을 하는 시대이다. 100만 원짜리 드론 100대가 1대당 1억 원하는 첨단 비행기보다 더 치명적인 위협이 될 수 있다는 사실을 사우디아라비아의 석유단지 피격 사건이 보여주었다.

그런데도 한국의 언론들은 병사들의 숫자나 미사일, 비행기만 가지고 국방을 이야기한다. 머스킷총 시절의 제식훈련이나 정훈(政訓)만이 '군인정신'이라고 생각하며, 권위주의를 애국으로 착각하는 장성들과 죽음의 군수산업 상인들 때문인지도 모른다.

원정출산을 할수록, 군에 복무한 경험이 없을수록, 나이가 많을수록 전쟁 불사의 강경파가 많다. 사실 그런 현상은 한국뿐 아니라 외국도 비슷하긴 하다.

전쟁을 통해 독일 통일을 이뤄내고 근대 독일을 만든 철혈재상 비스마르크는 이렇게 이야기했다. "전투를 앞둔 병사의 눈빛을 본 적이 있는 사람이라면 전쟁을 하자는 말을 하지 못할 것이다."

그는 이념적으로는 극우였지만 의료보험과 산재보험 등 각종 사회보험제도를 세계 최초로 독일에 도입한 정치가였다. 그는 사회보장보험은 예산 낭비와 퍼주기가 아니라 갈등을 치유하고 사회통합을 이루는 데 가장 중요한 인프라로 생각한 사람이다. (2019년 6월 16일)

임진왜란 이후의 국력역전 가능성

마라톤 우승자들의 경험담이다.

"가장 힘든 것은 내 개인의 육체적 피로가 아니라 아무리 빨리 달려도 따라오는 선수의 숨소리가 처지지 않고 뒤에서 계속 들릴 때였다."

지금 일본이 한국에 대해서 느끼는 심리도 어쩌면 그런 것인지도 모른다. 우리는 일본을 섬나라, 작은 나라로 생각하고 있지만 사실은 그렇지 않다. 남북한 전체 면적보다 1.7배 넓고 인구는 한국에 비해 2.5배 정도 많다. 19세기 초에는 세계 4위의 인구대국이었다. 그 정도는 되니까 중국과 러시아와 싸우고 미국에도 붙어보자고 대들었을 것이다. 아시아에서는 최초로 근대화에 성공하고 2차 세계대전 당시에는 자력으로 전투기와 항공모함을 만들었던 나라가 일본이다.

그런 일본이 볼 때 한국은, 임진왜란 때 거의 집어삼켰던 그리고 한 번은 실제로 멸망시켜 식민지로 다스렸던 나라에 불과하다. 그들은 한국이 식민지 상태를 벗어난 것도 한국의 자력이 아니라 일본의 패전에 따른 어부지리 때문이었다고 생각한다. 예전처럼 식민지화하지는 못하더라도 친일파와 그들의 후손이 한국사회의 주류가 되어 자신들에게 마땅히 고개 숙여야 한다는 생각을 갖고 있다. 조선이 해방되어 한국정부가 출범한 이후인 60~70년대 이들은 돈으로 한국의 여성들을 농촌 며느리로 사들였고 80~90년대에는 한국의 기생관광을 드러내놓고 즐겼다.

그래서 그들 입장에서는 다시 불거진 독도 문제가 이해되지 않을 수도 있다. 박정희와 전두환 시절에는 우리 땅이지만 독도를 가려면 한국 국민도 한국 외교부의 '승인'을 받아야 했다. 정광태의 '독도는 우리 땅' 노래도 처음에는 방송금지곡이었다. 그러던 한국이 갑자기 등을 꼿꼿하게 펴고 고개를 쳐든다는 것은 그들로서는 상상이 되지 않는 일이었을 것이다. 노무현정부 시절인 2005년에야 비로소 한국인의 독도 관광은 허용되었다. 문재인정부는 그 노무현정부의 후신이다.

호사카 유지 교수 등의 책에 따르면 메이지 시대 일본 육사 교관으로 초빙됐던 독일군인 출신 메켈은 이렇게 이야기를 한다.

"한반도는 일본의 심장을 겨누는 비수이다."

구한말 조선 정복을 외쳤던 강경파들은 대체로 조슈번(長州藩) 출신들이었다. 조슈번의 바뀐 이름이 지금 아베 총리의 선거구가 있는 야마구치현이다. 아베 총리가 가장 존경한다는 근대 일본의 사상가 요시다 쇼인이나 이토 히로부미, 초대 조선총독, 2대 조선총독 등이 모두 조슈번 출신들이다. 이들

조슈번 출신 사무라이들이 메이지유신을 거쳐 오늘의 일본을 만들었다. 그들의 고향 후배인 아베에게 정한론(征韓論)은 어쩌면 역사적 소명일지도 모른다. 최근 일본 후지TV가 이야기한 '한국의 남은 카드는 문재인 탄핵이나 해임 정도'라는 게 결코 과장된 표현이 아닐 지도 모른다.

최근 한일 간 분쟁의 평계는 과거 문제지만 실상은 미래를 선점하기 위한 싸움이다. 21세기는 빅데이터와 인공지능의 시대이다. 그래서 구글이나 네이버 등에서 각종 데이터를 수집하기 위한 검색과 이메일 서비스를 무료로 제공하고 있는 것이다. 현재 전 세계 주식시가 기준 빅 5는 마이크로소프트, 아마존, 애플, 구글, 페이스북인데 이들은 모두 '빅데이터 플랫폼' 기업이다. 데이터가 가장 많은 이들 기업이 당연히 인공지능 부문에서도 가장 앞서 있다. 데이터 활용에는 수집, 분석, 수익성 높은 비즈니스 모델 구축이라는 단계가 필요하다.

데이터를 모으는 방법은 다양하다. 검색엔진도 있지만 스마트폰, TV, 냉장고, 에어컨, 주방기기, 자동차 등도 센서를 장착하고 있어 사용자 동의만 받으면 데이터 수집이 가능하다. 근데 그 가전시장에서 한국 제품은 세계 1위를 기록하고 있다. 한국은 가전기기들을 통해 소비자들의 빅데이터를 수집하고 인공지능으로 분석해 새로운 경제생태계를 만들어낼 준비를 이미 마친 것이다.

반도체 전쟁에서 일본이 한국에 밀렸듯이 빅데이터와 인공지능 전쟁에서도 밀릴 위기에 직면해 있다.

임진왜란 이후 몇백 년 동안 일본은 한국을 몇 수 아래로 보아왔다. 일본 입장에서는 임진왜란 이후 처음으로 한국과 일본 간의 국력 역전에 대한 우려를 하지 않을 수 없다. 그것도 북한과의 통일 혹은 통합된 경제공동체도 아닌 남쪽 혹은 반쪽 대한민국에 말이다.

지금 상황은 그래서 단순히 성노예문제나 강제징용이 아닌 역사적 맥락이 있는 정치적, 경제적 전쟁이다. 이에 다음과 같이 몇 가지 질문을 던져본다. 1)이 전쟁은 한국이 시작한 것인가? 2)이성적이고 차분한 대응, 타협, 특사 파견 운운하는데 일본은 어떻게 대응하고 있는가? 1 대 1로 대화하자고 WTO 회의에서 공개제안 해도 일본은 회피하고 있는 게 현실 아닌가? 이런 상황에서 특사를 보내라는 것이나 타협하라는 것은 일본의 요구를 들어주고 항복하라는 이야기를 돌려 말하는 것에 불과하다고 생각한다. 골목 싸움도 서로 주먹을 교환해 위력을 확인해 보고 나서야 협상도 이루어지는 법이다. 3)한국이 일방적으로 불리한 싸움인가? 이에 대해서는 그렇지 않다는 견해가 많고 구체적이다. 오히려 '자존보다 생존이 중요'하다거나 '그래, 나 친일파다' 하는 사람들의 근거는 대단히 희박하다. 일부 언론들의 호들갑 또는 은밀한 바람과는 달리 증권가 반응은 '낙관'과 '차분'이고, 통상전문가들도 'WTO 분쟁, 해볼 만한 싸움… 승소 시 보복관세 부과도 가능'이라고 말한다. 조선 말 이완용이나 송병준처럼 자신의 이익만 챙기기 위한 내부 총질은 없었으면.

PS. 사진은 충주 탄금대이다. 신립이 이끌던 조선 정규군 8천여 명은 배수진을 쳤지만 탄금대에서 거의 전멸을 당한다. 임란 당시 부산포에 상륙한 일본군은 20일 만에 서울을 점령했다. 전투까지 치렀지만 하루 행군속도는 평균 22.5km. 느긋하게 걷는 둘레길 코스가 15~16km정도니까 거의 여행하

듯 서울로 진격했다는 의미이다. 임금조차 도망치는, 무너진 나라를 다시 일으켜 세운 것은 한양의 기득권층이 아닌 벼슬 없는 촌 양반들이었고 무지렁이 백성들이었다. 그들이 왜군을 물리치고 나라를 되찾은(재조산하, 再造山河) 것이다. 2017년 당시 문재인 대통령 후보의 신년 사자성어는 묘하게도 재조산하(再造山河)였다. 강물이 때로는 거슬러 흐르는 것처럼 보여도 마침내는 바다에 닿듯이 그런 게 역사인 모양이다.

(2019년 7월 25일)

다양성으로 만든 세계 최고의 대학

해커들의 축제인 블랙햇(Black Hat)과 데프콘 참관을 간 김에 미국 스탠퍼드대학에 잠시 들렀다. 샌프란시스코 팔로 알토에 있는 스탠퍼드대학은 세계 최고의 대학으로 꼽히는 곳이다.

이명박정부 때 국정원장이었던 원세훈 전 원장이 퇴임 후 정착을 위해 국정원 특수활동비 200만 달러를 빼돌려 보낸 곳도 스탠퍼드대학이었다. 스탠퍼드대학이 대단한 것은 그곳 출신들이 새로운 세상을 만들어 가고 있기 때문이다. 바로 실리콘밸리이다. 실리콘밸리의 엔진은 스탠퍼드대학 졸업생들로 이뤄져 있다고 해도 과언이 아니다.

스탠퍼드 졸업생들이 만든 기업만 4만 개가 넘고 이들 기업의 매출은 대한민국 국가총생산(GDP)의 세 배 가까이 된다. 구글, 야후, 테슬라, 엔비디아, 휴렛패커드, 나이키, 넷플릭스, 시스코, 인스타그램, 이베이, 페이팔, 링크드인, 갭(GAP), 실리콘그래픽스, 코세라, 썬 마이크로시스템즈 등이 바로 스탠퍼드 출신들이 만든 대표적 기업이다.

세계 유니콘 기업의 창업자 462명 중에서는 스탠퍼드대학 출신이 14.4%인 63명으로 가장 많고 다음이 하버드대로 39명, 3위는 36명의 인도 IIT 대학이라고 한다. 한국의 경우 이른바 SKY 출신들이 직접 창업한 기업은 별로 기억나는 게 없다.

스탠퍼드대학이나 실리콘밸리의 성공은 '다양한 인재들의 경쟁과 협력을 통한 기술적 혁신 결과'라고들 말한다. 스탠퍼드대학은 다양한 학생과 교수진을 확보하기 위해 이 문제만을 다루는 임직원이 따로 있을 정도였다. 다양성은 나이, 종교, 성, 인종, 정치이념, 언어, 윤리적 배경과 같은 사람들의 개인적 특성의 차이를 의미한다. 한국의 명문대학은 특목고, 영재고, 자율형사립고, 지역적으로는 강남 출신이 대부분으로 스탠퍼드 같은 다양성을 찾는 것은 아예 불가능하다.

'다양성'을 가능하게 하는 것은 '인정'과 '관용'이다. 종교가 달라도, 인종이 달라도, 정치이념이 달라도 서로 인정하고 함께 협력하는 것이다. 그래서 다양성은 기업현장에서 생산성 향상을 가져오는 가장 큰 요소이기도 하다.

스탠퍼드대학의 다양성의 상징은 'Memorial Church(기념교회)'이다. 대학 설립자인 남편이 죽자 그 아내가 추모교회를 세웠다. 애플의 스티브 잡스가 죽었을 때 영결식이 열린 곳이기도 하다. 놀라운 점은 이슬람, 불교, 유대교 등 모든 종교가 이곳을 사용해 종교행사를 할 수 있다는 점이다. 교회의 모습을 갖추고 있긴 하지만 실제로는 모든 종교를 위한 열린 공간이다. 한국이라면 어떨까? 지금도 일부 대형 교회들은 '예수

천국, 불신지옥'을 강조하고 있고 일부 목사들은 "끝내 문재인 정권이 반일을 고집한다면 정권을 교체해서라도 친일로 가야 한다" 하고 있는 상황이다.

그 목사들은 "임진왜란 때 스페인 선교사가 일본군을 따라왔는데 이순신의 활약으로 일본이 패전하면서 선교에 실패했다. 이순신은 기독교 전파를 방해한 사탄의 자식이다"라는 주장도 했을 정도이다.

나와 생각이 다르거나 나와 종교가 다르면 외세를 끌어들여서라도 타도해야 한다고 하면서 '사랑과 온유'를 이야기할 수 있을까? 다양성에 대한 배려와 존중이 없는, 그래서 같은 편이 아니면 바로 증오와 타도의 대상이 되는 곳에서 '혁신을 위한 경쟁과 협력'이 가능할 수 있을까? (2019년 8월 11일)

디지털혁신 하거나, 천천히 망하거나

기업 하기가 지금보다 참 쉬웠던 시절이 있었다. 일본에서 새로 등장한 사업이나 트렌드를 남보다 먼저 읽고 한국에 들여오기만 하면 대부분 성공했다. 오늘날의 삼성을 만든 반도체 산업이 대표적이다. 부산도 마찬가지였다. 용달차·노래방·상조 사업이 부산에서 시작해 전국으로 퍼져나갔다. 경영학에서는 이를 벤치마킹 전략이라고 부른다. 초기 벤치마킹 시대가 끝난 뒤에는 부동산을 통한 이윤 창출이 이어졌다. 새로 조성된 산업단지 부지를 싼값에 분양받아 공장을 이전하고 기존 공장 부지는 아파트 단지나 상업용 시설로 비싸게 팔아 넘기는 것이다.

인구가 지속적으로 늘어나던 시기였고, 제대로 만들기만 하면 팔 걱정은 별로 할 필요가 없던 시기였다. 그러한 황금시절이 지나면 어떻게 하면 더 팔 수 있을지를 고민하는 '핵심 경쟁력'에 대한 이야기가 나온다. 2006년 삼성경제연구소에서 출간된 『새로운 업(業)의 발견』이 대표적이다. 100페이지 남짓한 경영에세이인 그 책에서 저자는 시계산업을 예로 든다.

'1만 원짜리 시계나 1억 원짜리 시계나 정확한 시각을 알려주는 기능에는 큰 차이가 없다. 그렇다면 시계산업의 핵심 경쟁력은 무엇인가?'

저자는 시계산업은 처음에는 정밀기계업이었지만 생산라인이 자동·기계화되면서 조립양산산업이 되었고 다시 브랜드와 패션산업으로 진화했다고 지적한다.

13년이 지난 지금도 그 지적이 유효할까? 지금의 시계산업은 무엇일까? 이 질문에 대한 대답은 글로벌기업인 애플과 삼성, 구글을 보면 알 수 있다. '업의 본질'식 분석에 따르면 스마트워치는 10여 년 전 패션산업에서 이제는 헬스케어산업 쪽으로 옮겨가고 있다. TV 광고가 보여주는 것처럼 사람들은 이제 스마트워치에서 시각을 확인하는 것은 물론, 조깅을 하면서 전화를 받고 체조, 자전거, 수영을 하면서 활동량과 심박수와 혈압을 측정하는가 하면 메시지도 읽는다.

올해 3분기 세계 스마트워치 시장에서 애플과 삼성이 각각 1, 2위를 차지한 가운데, 구글이 3위 업체인 핏비트를 21억 달러(약 2조 4,300억 원)에 인수한 것은 바로 이런 이유에서이다. 시장의 무서운 잠재력을 본 것이다. 이제는 아날로그에서 디지털로의 전환을 뜻하는 디지털 트랜스포메이션(Digital Transformation)이 운명을 결정한다. 4차산업혁명은 ICT(정보통신) 기술과 결합해 제조업에서 서비스업으로, 소유에서 공유로, 구매에서 이용으로, 대량 생산에서 1인 맞춤형 생산으로, 라는 변화를 가져온다.

해마다 1월이면 미국에서 CES(세계가전전시회)가 열린다. 지난해 CES에서의 자율주행차 사업자들은 안전성을 강조했다. 1년 만인 올해 초 이런 소구 포인트는 모빌리티 내에서의 즐거움이었다. 1년 사이에 자동차는 움직이는 컴퓨터(모빌리티) 소프트웨어 싸움이 아니라 엔터테인먼트 경쟁이 될 정도였다. 그것이 바로 ICT 기술의 발전 속도이다.

신발업체는 이제 3D 프린터와 결합해 나만의 신발을 제조 판매한다. 데스마(Desma)는 73년 된 독일의 기업인데 소비자가 개인정보를 입력하면 생체분석을 통해 불과 1시간 이내로 신발 형태를 만든다. 이제 소비자는 소비자인 동시에 생산자가 되는 셈이다.

중국 알리바바의 자회사인 앤트파이낸셜은 대출 승인을 하면 AI가 1초 만에 판단한다. 그래도 부실채권 비중은 중국 시중은행 평균치보다 훨씬 낮다. 현재 기업가치는 우리 돈 174조에 달한다. 한국 4대 금융지주를 합친 것보다 세 배쯤 높은 몸값이다. 최근 애플의 시가총액(약 1,402조 원)도 코스피 상장사 전체 시가총액(약 1,384조 원)을 넘어섰다. 미국 기업 하나가 한국 기업 대표팀보다 덩치가 커졌다. 카카오는 국민연금 안내문이나 자동차 검사 안내문을 SNS로 보내는 전자문서 사업도 하고 있다. 여기에 과태료 납부를 받을 수 있는 시스템만 더하면 바로 은행이 된다. 그래서 맥켄지 보고서는 은행이 혁신을 하지 못하면 1/3은 소멸할 것이라고 말한다.

아마존의 성장세가 무섭긴 하지만 미국 월마트의 매출액은 아직도 아마존의 두 배나 된다. 하지만 기업가치는 아마존이 월마트의 2.5배이다. 월마트가 목 좋은 곳의 매장과 인력 유지에 들어가는 비용이 막대한 반면, 아마존은 AI와 로봇을 이용해 비용을 줄이고 있기 때문이다. 4차산업혁명의 디지털 트랜스포메이션은 요지에 많은 땅을 갖고 있는 것이 경쟁력의 원천이던 '게임의 룰'을 이제는 오히려 부담이 되도록 바꾸고 있다.

인간과 침팬지의 유전자 차이는 불과 0.6%이다. 0.6%의 디지털혁신으로도 기업의 내일은 달라진다. 먼 이야기 같지만 자동차 백미러에는 이렇게 쓰여 있다.

"사물이 보이는 것보다 가까이 있음"

(2019년 12월 17일)

한 싱가포르 정상회담 오찬의 BGM '반달'

한때 '아시아의 네 마리 용(Four Asian Dragons)'이라는 명칭이 유행하던 시절이 있었다. 1980년대 한국, 대만, 홍콩, 싱가포르 등 네 곳을 지칭하는 용어였다. 제국주의 열강의 통치를 받았지만 근대화에 성공하고, 빠르게 경제가 성장하는 네 곳을 그렇게 묶어서 표현했다.

대만과 홍콩, 싱가포르에 한국을 같이 끼워준다는 것만으로도 기분이 좋아 교과서에 실리고 시험문제로 출제되기도 했다. 당시 한국은 경제신화를 쓴 박정희정권에 이어 단군 이래 최대로 경기가 좋았다고 일부에서 주장하는 전두환정권 시절이었는데도 고작 그런 수준이었다. 그 뒤 진보정권이 들어설 때마다 보수언론과 야당은 경제불황을 이야기했다. 노무현정부 때는 '경제야, 살아나라' 하면서 환생경제(還生經濟)라는 연극판까지 벌였다. 노무현정부의 경제성장률은 그 뒤의 이명박, 박근혜정부 때보다 높았다.

지금도 보수언론과 야당은 문재인정부가 단군 이래 최대 불황이라고 거품을 물고 있다. 그들은 일본 아베 정권의 경제정책에 대해서는 입을 모아 칭송한다. '양적 완화' 등 세 개의 화살로 잃어버린 20년 장기불황을 끝내고 완전고용을 이루고 달성했다고 한다. 근데 '단군 이래 최대 불황'이라는 문재인 정부의 경제성장률은 유사 이래 최대호황이라는 일본에 비해 세 배 이상 높다.

지금 한국의 총 GDP는 대만, 홍콩, 싱가포르를 합친 것보다 많다. 그래서 이제 '아시아의 네 마리 용(Four Asian Dragons)'이라는 용어는 더 이상 한국에서는 찾아보기 어렵다.

그래도 이들 국가가 한국에 있어서 대단히 중요한 교역국가인 것은 변함이 없다. 그 가운데서도 싱가포르는 한국의 10대 교역국 가운데 8위이다. 싱가포르의 인구는 570만, 면적은 서울시보다 조금 더 넓다. 싱가포르는 한국과 관광 측면에서도 대단히 밀접하다. 2018년 한국인 63만여 명이 싱가포르를 찾았고 싱가포르 국민 23만여 명도 한류를 즐기러 한국을 방문했다.

싱가포르는 2차 세계대전 당시 일본에 점령되어 쇼난(昭南)으로 불리기도 했다가, 1965년 말레이시아로부터 독립했다. 싱가포르는 세계 경제의 중심지로 런던, 뉴욕, 홍콩, 도쿄와 더불어 세계 5위의 외환 시장이다. 동남아와 서남아, 중동을 잇는 지리적 요충지로 싱가포르의 항구와 공항은 세계적 물류 허브이다. 외국인 투자도 활발하고 싱가포르에 진출해 있는 다국적기업은 무려 6천여 개가 넘는다. 그러다 보니 사이버 공격에 대비한 관심도 높아 아시아지역의 사이버안보

허브로 떠오르고 있기도 하다.

한국인터넷진흥원은 지난 23일 싱가포르 사이버보안청과 사이버보안 분야 MOU를 체결했다. 청와대에서 문재인 대통령과 리센룽 싱가포르 총리가 병풍처럼 배경으로 서 있는 가운데 MOU 문서를 교환하는 호사를 누렸다. 테오 주한 싱가포르대사와 협약서를 교환했는데 엘리트 외교관인 그의 부인은 한국 여성이다. 이어진 오찬의 배경음악은 싱가포르에서 한류의 위상을 실감케 했다. 윤극영의 동요 '반달'이 식사 도중 흘러나올 때 옆에 있던 청와대 의전장에게 작곡가 윤극영은 친일 논란이 있는 인물이라고 지적하자 고위급 외교관인 그는 이렇게 답했다.

"한류 마니아인 리센룽 총리가 콕 찍어서 BGM으로 반달을 이야기해 왔다."

리센룽 총리 부인도 한류 드라마 현장을 보러 개인적으로 한국에 몇 번 오기도 했다고 한다. 한국의 문화적 위상이 정말 높아졌음을 실감케 하는 장면이었다. (2019년 11월 24일)

움직이는 모든 것이 돈이 되는 세상

'위치정보'라는 게 있다. 사람이나 자동차 등 사물의 움직이는 위치를 데이터화하는 것인데, 새로운 비즈니스 모델을 찾을 때 대단히 유용하다. 그래서 '움직이는 건 모두 돈이 된다'라는 말이 나올 정도이다. 최근 '배달의민족'이 4조 8천억 원에 팔릴 수 있었던 것도 이 위치정보를 비롯한 축적된 데이터 덕분이다. 배달의민족은 9년 전인 2010년 자본금 3천만원으로 시작해 일곱 차례에 걸쳐 외부자금 5천억 원을 투자받았다. 영업이익이 겨우 596억 원인 회사가 4조 8천억 원을 투자받은 것은 빅데이터 활용 시장의 성장가능성이 그만큼 컸기 때문이다.

직원 수 2천 명에 설립된 지 겨우 9년 된, 언뜻 보면 중국집 오토바이 배달업을 하는 것 같은 회사가 '배달의민족'이다. 그런데도 매각금액 2조 5천억 원의 아시아나항공이나 시가총액 3조 7천억 원인 이마트보다 높은 가치를 인정받았다. 청년 10여 명이 시작한 음식배달 사업의 가치가 9년 만에 16만 배로 커진 것이다. 네이버의 경우 2년 전에 350억 원을 투자해 이번에 원금을 제외하고도 1천8백억 원을 남겼다고 한다.

지난주 부산지역의 '제로웹'이라는 회사는 방송통신위원회와 한국인터넷진흥원이 함께한 2019년 대한민국 위치기반서비스 공모전에서 창의적인 위치기반서비스 비즈니스 모델 제안으로 대상을 받았다. 이 회사는 개인들이 실내외에서 어떻게 움직이고 있는가를 실시간으로 측정, 분석할 수 있는 특허기술을 갖고 있다. 이곳의 주식이 돈이 될 것이라고 생각하고 지역의 한 기업이 지분매입을 검토했다. 실무진에서는 액면가 500원의 주식 1주당 매입가 1만 2천 원이면 괜찮다고 생각하고 결재를 올렸는데 최대주주 설득에 실패했다고 한다. 평생 제조업을 해온 여든 살 넘은 회장, 이른바 오너가 공장도 없고, 보유부동산도 없고, 직원도 몇 명 안되고, 사업내용이 뭔지도 모르겠는데, 액면가 240배가 넘는 돈을 주고 경영권조차 없는 지분을 인수한다는 게 도통 이해되지 않았다고 한 것이다. 저커버그는 설립 18개월의, 매출액도 전혀 없었던 직원 수 13명의 인스타그램이라는 회사를 10억 달러, 우리 돈 1조 2천억 원 정도를 주고 샀지만 그건 저커버그니까 가능한 이야기이다.

최근 보수언론에 등장해 고견을 전하는 이른바 '전문가'들을 보면 부쩍 그 생각이 많이 난다. 디지털시대, 블록체인 기반의 전당원 투표가 가능해진 상황에서도 몇십 년전의 '정당민주주의' 이야기만 하거나 '전문가 엘리트'에 의한 통치를 이야기한다.

포퓰리즘은 '천민자본주의'라고 생각하는 것이다. 이들에게는 모이라면 모이고, 헌금은 알아서 쓸 테니까 위임해달라고 하면 위임하는, 묻지도 따지지도 않고 시키면 시키는 대로 하는 태극기집회가 가장 효율적으로 느껴질 것이다.

다음은 민중의소리 이완배 기자가 쓴 '권은희 의원의 악수 뿌리치기, 귀족은 민중을 거들떠보지 않는다'라는 기사의 한 대목이다. 그는 2016년 4월 전경련의 후원을 받는 자유경제원 주최 세미나 자료집을 인용한다.

"민주주의가 지배하는 사회는 천민이 지배하는 세상이고, 천민이 주인 된 세상이 민주주의다. 그래서 역으로, 민주주의가 지탱되려면 귀족(nobility)이 그 척추를 이루어야 한다. '천하고 상스러운 떼의 논리'를 막아주는 존재가 귀족이다. 그래서 민주주의를 지탱하기 위해서는 '귀족성'이 필요하다."

"취지를 빼고 나면 세상에서 더 이상 한심할 수 없는 게 민주주의다. 특히 1인 1표 대의민주주의가 그렇다. … 지능이 매우 뛰어난 상위 0.5%의 목소리는 같은 비율인 하위 0.5% 백치들의 목소리에 의해 사라진다. 평균보다 20% 이상 지성이 뛰어난 사람들의 분포는 25% 정도다. 이들의 의견 역시 같은 비율인 25%를 차지하는, 평균보다 20% 낮은 지성을 가진 사람들에 의해 상쇄된다. 그 결과로 남은 평균적인 지성을 가진 사람들의 목소리가 승리하게 된다. 어쨌거나 그들은 45% 이상이니까. 이게 1인 1표 대의민주주의의 참상이다."

전체 가운데 아주 일부만 표본 채집해 조사하는 전통적인 조사 대신 빅데이터 기법으로 전수조사가 가능해진, 위임할 필요없이 스마트폰으로 직접 정치에 참여할 수 있는, 편향된 시각으로 사적 이익을 추구해왔던 엉터리 전문가 대신에 집단지성으로 문제를 해결할 수 있는 세상이다. 이 세상을 '천민자본주의', '포퓰리즘', '좌파독재', '언론탄압'이라고 규정하는 것은 자기들만 대대손손 해 먹겠다는 욕심인 것이다. 자신만 도덕적이고 똑똑하다고, 착각하는 일부 관종이나, 달리 불러주는 곳 없는 '한때의 전문가'들이 거기에 부화뇌동하는 것이고. 이들 지식수입상들은 예전에 자신들이 서양에서 수입해 열심히 전파했던 '이론'과 들어맞지 않는다며 세상이 틀렸다고 주장한다. 세상이 급변했다고는 생각하지 않는 것이다.

PS. '코로나19' 사태에서 확진자의 동선을 파악해 효율적인 대응을 가능하게 한 것이 위치정보기술이다. 현재 한국의 위치정보산업 시장은 1조 8천억 원, 전대미문의 재난은 역설적으로 위치정보산업의 폭발적 성장 가능성을 확실하게 증명해주었다. (2019년 12월 23일)

이익의 사유화, 비용의 사회화

한국의 신문들, 특히 경제지들이 문재인정부 규제개혁의 미흡함을 비난할 때 반드시 예로 드는 것이 '우버'이다. 네이버에서 '우버 혁신'으로 검색하면 1만 5천여 건이 뜨는데 대부분 찬양 일색이다. '우버 혁신이 일상이 된 미국' 같은 기사들이 대표적 사례다.

"출장지(미국 라스베이거스 CES)에서 느낀 혁신의 만족감은 한국에서 번번이 제동이 걸리고 있는 혁신산업에 대한 한숨으로 이어졌다. 여러 규제 때문에 우버 같은 서비스가 안 되다 보니 한국에선 타다 같은 일종의 '편법 혁신'이 나왔지만 이마저도 불가능하게 만들려는 입법 움직임이 가시화되고 있다. 택시 운전사나 중소상공인들의 생존은 중요하다. 하지만 자율주행차가 일상이 되면 미국에선 운전사 없는 택시도 나올 텐데 그때도 한국은 여전히 택시 운전사의 생존을 논의하고 있지는 않을까."(동아일보 2020년 1월 8일)

'우버'는 10년 전인 2009년 3월 미국 캘리포니아주 샌프란시스코에서 창립한 회사다. 우버의 비즈니스 모델은 모바일 앱을 통해 승객과 운전기사를 연결해주고 수수료를 챙겨 가는 것이다. 보유 차량도 없고 운전기사를 고용하지도 않지만, 그래도 택시 같은 서비스를 제공하는 운송사업자이다. 날씨와 시간, 요일에 따라 요금이 달라지고, 수요와 공급에 따라 가격이 변동되는 알고리즘을 갖고 있는데, 예를 들어 눈이나 비가 오거나 손님이 많으면 요금이 비싸지고 평일 낮 시간대는 반대가 된다.

우버를 혁신이라고 주장하는 사람들은 소비자들이 더 싸고 더 편리하게 교통수단을 이용할 수 있게 돼 이른바 '소비자편익'이 증대되었다고 한다. 기존 택시 서비스에 우버까지 경쟁을 하니 이용자 입장에서 더 편해진 것은 사실이다. 시장 지배력을 강화하기 위해서 지금은 낮은 가격으로 서비스를 제공하지만 앞으로도 계속 그럴 것인지는 아무도 모른다.

진짜 문제는 플랫폼 기업인 우버가 '혁신'의 이익은 독점하는 반면 그 비용은 사회로 떠넘기고 있다는 점이다. 우버기사는 소득수준도 낮고, 일자리도 안정적이지 못하고, 고용보험과 건강보험도 없다. 그 뒷감당은 국가나 사회가 해야 한다. 이른바 '긱 경제(Gig Economy)'라고 불리는 시스템이다. 그런데도 그것을 혁신이라고 칭송하고 허가해주지 않는다고 정부를 비난하는 데 인용될 수 있느냐는 생각해봐야 할 문제이다. 그래서 프랑스 등 많은 국가들에서는, 기업의 사회적 책임은 지지않는 대신 수익만 챙기려는 우버를 불법으로 규정하고 있다.

우버의 고향인 미국 캘리포니아에서도 '어셈블리 빌 5'라는 법 제정을 통해 2020년 1월 5일부터 긱 노동자, 이른바 독립계약자에 대한 요건을 강화했다. 기사가 직원이 아님을 입증하지 못하면 '고용'으로 간주해 우버가 그들의 세금과 보험에 대해 책임져야 한다는 것이다. 그래서인지 한때 차 한 대없이도 현대차에 비해 다섯 배 이상이라고까지 했던 우버의 시가총액은 2019년 말에는 2019년 초에 비해 반 토막이 나있다. 우버를 혁신이라고 주장하는 기자들이나 교수들부터 긱 노동자로 변경하는 제도가 한국에서 도입되면 그들은 그때 어떤 반응을 보일까? 그때의 논리도 지금과 같을까?

(2020년 1월 20일)

인공지능 광주시대 비전선포식

2020년 1월 초 서울에서 발행한 한 신문에는 이런 제목의 기사가 실렸다.

"수도권 인구 > 비수도권 … 껍데기 된 균형발전"

수도권 인구가 2019년 말을 기준으로 절반을 넘어섰는데 세종시 신설, 공공기관 지방 이전 등 '반강제 이주정책'을 쓰고도 효과를 거두지 못했다는 내용이다. 그런 정책이 차라리 없었으면 지역균형발전이 훨씬 더 빨리 이루어졌을 것이라는 의미일까? '반강제 이주정책' 덕분에 수도권 집중경향이 다소나마 늦춰졌다는 긍정적 내용으로는 결코 읽히지 않는다.

지금으로부터 꼭 1년 전인 2019년 1월, 문재인정부는 지역의 성장발판 마련을 위해 전략적 투자에 나서기로 했다면서 지역균형발전을 위해 23개 사업을 예산타당성 면제 대상으로 지정한다.

광주는 '인공지능 집적단지', 경남은 '김천-거제 간 남부내륙철도' 등이었다. 그러자 야당과 일부 신문은 거세게 비판한다. '총선용 세금 퍼붓기', '토건주도성장', '국가재정 파탄 주범'이라는 것이었다. 대안은 물론 없었다. 재미있는 것은 그

와중에도 자유한국당 의원들은 자신이 이들 사업에 힘을 썼다고 SNS를 통해 자랑을 했다는 것이다.

사실 서울의 부동산 폭등을 잡는 가장 좋은 방법은 사람들이 돈과 일자리와 권력을 찾아 서울로 몰려들지 않도록 하는 것이다. 그러려면 지역균형발전이 이루어져야 하는데 그렇게 되면 현재 서울에서 막대한 부동산을 갖고 있는 기득권층들은 즐거워하지 않을 것이다. 그들은 부동산 가격 폭등을 이유로 정부를 비난하지만 속으로는 그런 현상이 계속되기를 바라고 있지 않을까? 입으로는 지역균형발전을 이야기하지만 내심으로는 균형발전을 바라지 않을 것 같기도 하다.

〈미디어오늘〉의 보도에 따르면 2018년 공시지가 기준으로 1천억 원대 이상 부동산을 보유하고 있는 신문사는 조선일보, 동아일보, 한국경제신문 등 세 곳이나 된다.

같은 해 1월 29일, 광주 김대중센터에서는 '인공지능 광주시대를 여는 비전선포식과 사업단 출범식'이 있었다. 지난해 1월 예타 면제 사업으로 지정된 이후 1년 만의 일이다. 데이터 중심의 인공지능 클러스터를 조성하고 인공지능 산업 비즈니스 플랫폼을 구축하고 인공지능 대학원을 개원하겠다는 등 4대 전략 20개 중점과제를 이용섭 광주시장이 직접 나서서 발표했다.

호남지역은 지역의 인재가 서울의 대학에 진학하는 데 도움이 되도록 그동안 서울지역의 기숙사 시설을 지자체 비용으로 운영해왔다. 물론 그렇게 양성된 인재들은 대부분 '서울 사람'이 되었고 지역으로 돌아와 지역발전에 기여하는 경우는 거의 없었다. 그래서 그렇게 하는 것이 맞는지 다른 지역에서는 논란도 많았다. 지역 돈으로 인재를 키워 '서울사람'으로 만들어주고 있다는 비판이었다. 어쨌든 오늘 행사는 AI 강국 대한민국을 호남이 중심이 되어 선도하겠다고 천명한 것이다. 앞으로는 지역의 인재를 길러내 지역발전에 기여하도록 하겠다는 것이다. 이런 것도 호남 표를 의식한 총선용이라고 비난받을 일일까?

한국인터넷진흥원도 협력기관으로서 오늘 협약식을 가졌다. 인공지능은 그 자체로는 만능이 아니다. 제대로 기능을 발휘하기 위해서는 인공지능이 편견을 가지지 않도록 오염되지 않은 데이터의 제공, 개인정보의 경우 개인이 드러나지 않도록 암호화하는 문제, 시스템 전반에 대한 보안의 문제가 중요하다. 인터넷진흥원이 그 부분을 적극적으로 지원하기로 한 것이다. (2020년 1월 20일)

구글 신은 모든 것을 알고 있다

2016년 3월 구글은 이세돌 9단이 구글의 인공지능 알파고와 바둑 대결을 벌인다고 발표했다. 그때 한 한국 기자가 이렇게 물었다.

"구글은 이세돌 9단과 대국하기 위해 슈퍼컴퓨터 같은 것을 한국에 갖고 오나요?"

"아닙니다. 알파고는 구름(cloud) 위에 있습니다. 한국에서 우리는 구름 위에 있는 알파고에 연결만 할 뿐입니다."

그때 알파고는 미국 중서부 아이오와주의 데이터센터에 있었다. 알파고를 가동하는 데는 작은 발전소 한 대분의 전력량이 필요할 정도라서 들고 다니기에 결코 만만하지는 않다.

그 구글이 오늘, 구글 클라우드 플랫폼 서울 리전을 개설했다. 클라우드 인프라를 서울 현지에서 직접 운영한다는 의미이다. 당연히 속도도 더 빨라지고(리전이 개설된 지역의 양방향 네트워크 지연시간이 1/1,000초 이하) 이용자들의 요구에도 더 신속한 대응이 가능해진다. 종전에는 개별기업들이 각자 데이터센터를 구축했지만 클라우드시대에는 스토리지를 빌려서 쓰는 것이 일반적이다.

에어비앤비는 전 세계 190여 개 국에서 4억 명이 이용하는 숙박공유사이트다. 하루에도 15만 명 이상의 고객이 이용하는데 겨우 다섯 명의 직원이 회사 전체의 IT 시스템을 관리하고 있다. 사실 우리도 일상생활에서 이미 클라우드를 사용하고 있다. 스마트폰으로 찍은 사진들이 그대로 동기화되어 클라우드에 자동보관되고 있는 것이다.

한국에는 이미 아마존의 AWS, 마이크로소프트, IBM, 오라클, 텐센트 등의 클라우드 사업자가 진출해 있다. 물론, 네이버나 KT 같은 국내 사업자도 있다. 구글이 진출하면서 ICT 강국 한국에서 클라우드 사업을 둘러싼 치열한 경쟁이 예상된다.

세계 시장에서는 가장 먼저 사업을 시작한 AWS가 32.3%의 점유율을 차지하고 MS가 17%, 구글과 중국 알리바바가 5.8%와 4.9% 정도로 3, 4위를 다투고 있다. 지난해 전 세계 클라우드 시장 규모는 우리 돈 128조 원 정도로 18년에 비해 37% 늘었다. 엄청난 증가세이다. 언택트(비대면)사회가 새로운 일상이 되면 클라우드 이용은 더욱 폭발적으로 늘어날 것이다.

구글이 한국에서 본격 영업을 하기 위해서는 여러 데이터, 특히 한국인 개인정보 데이터의 경우 국내에서 요구하는 정보보호 관리체계 인증을 받아야 한다. ISMS-P라고 하는 제도로, 한국인터넷진흥원이 담당하는 업무 중 하나이다.

그래서 오늘은 구글의 부사장과 미팅을 했는데, 말미에 이렇게 이야기했다.

"God Google knows everything(구글 신은 모든 것을 알고 있다)."

호텔에 투숙한 숙박객이 개인 키를 갖고 있어도 호텔이 모든 객실 문을 열 수 있는 마스터키를 갖고 있듯이 구글 자체가 클라우드에 저장된 데이터를 들여다볼 가능성을 지적한 것이다.

구글 측은 이렇게 답했다.

"Google never never see(구글은 절대 들여다보지 않는다)."

모든 데이터는 AI 기반으로 암호화되어 저장되기 때문에 해독하기 위해서는 고객의 키가 반드시 있어야 한다는 것이다. 자신들만으로는 할 수 없다는 것이다. 그런데 문제는 구글은 물론 우리 모두 그 인공지능의 정확한 알고리즘을 제대로 모른다는 데 있다. 알파고가 이세돌보다 결과적으로 강한 것은 알겠는데 알파고가 바둑 한 수 한 수를 둘 때 어떤 과정을 거쳐 그런 판단을 하는지, 그 수의 의미가 무엇인지 우리는 모른다.

인공지능이 어떻게 해서 그런 판단을 하는지는 구글도, 우리도 아직은 알지 못한다. 결국은 신뢰의 문제일 수밖에 없는데 구글은 자신들의 클라우드 2대 운영원칙이 '다중화된 보안시스템'과 'Zero Trust(누구도 믿지 않는다) 시스템'이라고 밝혔다.

"누구도 믿지 않는다"라고 하면서 자신들의 다짐은 무조건 믿으라는 것이다.

PS. 얼마 전 은퇴한 이세돌 9단은 미국과 한국의 인공지능 바둑 프로그램과 모두 대국을 해 본, 세계 유일의 기사이다. 구글의 '알파고'에게는 1승 4패, 한국의 네이버 랩이 만든 '한돌'에게는 1승 2패를 기록했다. 근데 알파고와 한돌이 대국을 하면 어떻게 될까?

나는 당연히 알파고가 이길 것이라고 생각했는데 반드시 그렇지만도 않은 모양이다. 서버라든지 네트워크 지원을 무제한으로 하면 알파고가 이기겠지만 제한을 설정하면 한돌도 충분히 승산이 있다고 한다. 알파고의 경우 이세돌과 대국할 때 슈퍼컴퓨터 100대가량이 지원했다고 한다. 근데 실제로는 그 정도까지 필요 없다는 것이다. 바둑게임의 경우에는, 초고성능까지 필요 없는 사양 낮은 서버들을 연결해서 알파고보다 더 나은 결과를 기대할 수 있다는 것이다. 이런 개념을 인공지능 분야에서는 앙상블 모델이라고 하는 모양이다.

예를 들면 수학 문제를 푸는 데 슈퍼컴퓨터가 없어도 계산기만으로 충분하다는 뜻이다. 한국인터넷진흥원 연구원의 표현을 빌리면 이렇다.

"구구단으로 푸는 수준의 문제는 대학 학위가 필요 없습니다."(2020년 2월 19일)

투웰브 나인과 '정보인간'의 퇴화

위기(危機)는 위험이자 동시에 기회이다. 2020년 3월 25일 〈전자신문〉의 보도는 그 좋은 사례를 보여준다. 불화수소는 이른바 투웰브 나인, 99.9999999999%의 순도가 유지되어야 하는 화학물질이다. 반도체 공정에서 필수적인 물질로 웨이퍼에 묻는 찌꺼기를 제거하는 데 사용된다. 여기에 일본 제품이 세계 시장의 70%를 차지하고 있다. 그래서 불화수소 수출을 규제하면 한국 반도체산업이 타격을 받을 것으로 일본은 예상했다. 2019년 7월 일본의 소재 수출 규제를 보도하던 한국 보수언론들도 일본과 같은 생각이었다.

"한일 경제전쟁은 축구가 아니다, 일본은 노벨과학상을 23개나 받았는데 한국은 후보에도 거론되지 않는 게 현실이다"라고 한국 언론들은 보도했다. '죽창'과 '반일선동'으로는 안된다고도 했다. "반도체 소재 교체는 삼성엔 대형 리스크… 테스트 실패 땐 수백억 날려"라고 기사를 쓴, 이른바 대기자(大記者)도 있었다. 그렇게 우국충정에 가득 찼던 기자들이 그 이후 반전상황에 대해 쓴 기사는 본 적이 없다.

그런데 이들 신문의 예상이나 희망과는 다르게 한국 기업들은 빠르게 대체생산을 하면서 큰 경영성과를 거두었다. 국내 업체 중 가장 규모가 큰 솔브레인은 공장 증축 때문에 영업이익 증가가 6.2% 정도에 그쳤지만 다른 두 개 업체는 각각 67.4%, 111%가 늘었다. 반면 세계 1위의 일본업체인 스텔라케미파는 한국시장을 눈뜨고 포기하면서 영업이익이 전년 동기 대비 1/10로 줄었다고 한다. 한국의 아픈 곳을 정밀타격한다고 했을 텐데 헛발질이 된 것으로 보면, 일본의 정보력이 정말 예전 같지 않다는 생각이 든다.

1984년 10월 동학군이 전주를 점령하자 당황한 고종은 동학군 진압을 위해 청나라에 파병을 요청한다. 그때 일본 총리는 이토 히로부미였다. 그는 초대 총리를 지낸 데 이어 다시 5대 총리를 맡고 있었다. 당시 일본 내무상이었던 이노우에 가오루(井上馨)는 직급을 3단계나 낮춰 자진해 국장급인 조선공사로 부임했다. 거물이 온 이유는 긴박한 상황에서 본국의 훈령 없이도 현지 판단으로 빠른 결정을 하겠다는 의미였다. 그는 배로 양화진 나루터에 도착한 뒤 조선이 제공한 가마를 타고 경복궁으로 이동했다. 그때 그는 가마 안에서 가마꾼의 걸음 수를 세고 보폭을 곱해 양화진에서 경복궁까지의 거리를 계산했다고 한다. 구한말 양화진은 제물포에서 서울로 들어오는 물길의 관문이었다. 이노우에는 동학군에 대한 잔인한 체포와 살해를 지시했고, 민비 시해를 기획한 인물로도 알려져 있다.

이노우에는 아베 총리의 선거구인 조슈번의 고향 선배이다. 미국으로부터 청일전쟁 당시 조선에 주둔했던 일본군 사령관 야마카타, 미국으로부터 조선 지배를 인정받은 가쓰라-태프트 밀약의 가쓰라, 이토 히로부미, 초대 및 2대 조선총독이 모두 조슈번 출신이다. 조슈번은 현재, 야마구치현(山口縣)으로 이름이 바뀌었다. 고베에 총본부가 있는 일본 최대의 조폭 야마구치구미(山口組)도 이곳 이름을 따다 쓰고 있다.

정보인간으로까지 불렸던 그들의 능력이 퇴화한 것일까? 한국에는 여전히 친일파와 그 후손, 그리고 그들과 경제적 이익을 같이하는 자생적 친일파, 이른바 토착왜구들이 큰 소리를 내며 활개를 치고 있는데도. (2020년 3월 26일)

'코리아 디스카운트'에서 '코리아 프리미엄'으로

'코리아 디스카운트(Korea discount)'라는 말이 있다. 이는 한국 기업의 주가가 비슷한 실적의 외국 기업에 비해 낮은 이유를 설명할 때 주로 사용된다. 그동안 북한 핵문제 등 남북 간 대치로 인한 불안, 재벌기업의 불투명한 회계문제, 노동시장의 경직성 등이 코리아 디스카운트의 요인으로 지적되어 왔다.

디스카운트의 반대말은 프리미엄이다. '코리아 프리미엄 (Korea premium)'은 한국의 대외브랜드 가치 상승에 따라 나타나는 선호현상으로 볼 수 있을 것이다. '코로나19'라는 대재앙이 코리아 프리미엄의 계기가 되고 있다. 현재 기준으로 세계 117개국이 진단키트 같은 방역물품 지원을 요청하고 있다. 핀란드는 검체물을 비행기로 실어 보내며 한국에서 진단해줄 것을 부탁하고 있다. 세계 최고 수준의 ICT를 기반으로 한 한국의 검사시스템, 투명한 정보공개, 민관협력의 거버넌스 체계, 성숙한 시민의식 등을 이제 전 세계가 알게 된 것이다. '중화' 세계를 본받는 것을 목표로 '소중화(小中華)'를 자처해왔던 변방의 나라가 이제 세계가 부러워하는 독자적인 롤 모델이 된 것이다.

현재 한국의 진단키트는 세계적으로 정확성을 인정받으며 수출되고 있다. 주문이 6월 말까지 밀려 있을 정도라고 한다. 코로나 쇼크를 강하게 받고 있는 주식시장에서도 이들 기업의 주가는 크게 오르고 있다. 그런데도 일부 신문은 미국 수출이 '사전승인'이 아닌 '잠정승인'이라고 트집을 잡는다. 한국의 진단키트가 세계 최고 수준으로 평가받는 반면 사사건건 트집을 잡는 한국 언론 신뢰도는 세계 꼴찌이다. 영국 옥스퍼드대학이 세계 주요 38개국을 조사한 결과인데 한국은 4년 연속 세계 최하위를 차지하고 있다.

'진단키트'가 마치 전략물자처럼 중요해졌지만 진단키트 생산업체의 규모는 사실 크지 않다. 모두 중소기업들이다. 최근 이들 업체의 기술을 빼가려는 해킹 시도가 여러 차례 있었다. 다행히 피해는 없었다. 해킹을 통한 기술유출사건 피해의 91%가 중소기업이다. 중소기업은 대기업처럼 해킹에 대한 대비가 철저하지 못하다. 시스템을 구축하는 비용의 문제도 있고 전담인력 채용도 부담되기 때문이다. 중소기업은 아니지만 최근 미래에셋은 홍콩에서 이메일 해킹으로 60억 원의 피해를 입었다. 해커가 최소 몇 달 전부터 네트워크망에 침투해 기회를 보고 있었을 것으로 추정된다. 이런 피해는 지역 중소기업들에서 더 자주 발생한다. 지역에 있다는 이유로, 기업들이 쉬쉬하고 덮는 바람에 알려지지 않았을 따름이다.

한국 중소기업의 80%가량은 지역에 있다. 중소기업 자체가 목표가 되기도 하지만 많은 경우는 대기업이나 지역전략 산업 등을 해킹하기 위한 악성코드의 경유지로 이용된다. '초연결'의 세상에서는 나만 잘한다고 괜찮은 것이 아니다. 그래서 인터넷진흥원은 지금까지 여덟 개 지역에서 지역정보보호센터를 운영하고 있고, 올해 충남과 경북 두 곳에 새로운 센터를 신설할 예정이다. 그럼에도 경남을 비롯한 많은 지역들에는 아직 센터가 없는 실정이다.

다들 인공지능과 빅데이터의 시대로 가야 한다고 말한다. 그러나 데이터를 안전하게 활용할 수 있도록 담보하는 기술적 처리, 보호, 컨설팅 업무 등을 함께 이야기하는 사람은 많지 않다. 인터넷진흥원이 해야 할 일이 그만큼 많고 가야 할 길이 그만큼 멀기도 하다는 의미이다. 여담으로, 'n번방' 사건은 개인정보 같은 데이터가 노출되면 얼마나 치명적일 수 있는가를 적나라하게 보여준 사례이다. (2020년 4월 1일)

쓰레기봉투 뒤집어쓰고
코로나 환자 진료

영국은 축구와 골프 종주국이다. 동시에 오늘날 우리가 살고 있는 세상의 원형을 만든 나라이기도 하다. 자본주의 시작도 영국이다. 18세기 영국에서 시작된 1차 산업혁명 이후 근대 자본주의가 태동한다. 그 반작용으로 마르크스가 사회주의의 바이블인 『자본론』을 쓴 곳도 영국이다. 마그나 카르타 이후 민주주의의 효시가 된 곳도 바로 영국이다. 2차 세계대전 이후 영향력이 많이 감소하긴 했지만 아직도 영국은 '브렉시트'를 선언할 정도의 파워는 있다.

런던은 뉴욕과 더불어 세계 금융의 중심지이며 1인당 국민소득도 4만 달러가 넘는다. 한국은 2018년에야 3만 달러를 넘었다. '코로나19' 이후 영국 의료진의 모습을 BBC는 이렇게 전한다.

"쓰레기봉투 뒤집어쓰고 기한 10년 지난 마스크 사용"

하루에 13시간씩 코로나19 환자를 돌봐야 하는 영국 의료진들은 "의료진들이 의료용 쓰레기봉투, 플라스틱 앞치마, 빌린 스키 고글을 쓰고 있다"고 BBC는 보도한다.

현재의 영국을 만든 것은 보수당의 대처 전 수상이다. 그의 정책은 '대처리즘'으로 불리며 한국 신자유주의자들의 교과서이자 신앙이기도 하다. 대처리즘의 골자는 재정지출 삭감, 공기업과 공공부문의 민영화, 규제 완화와 경쟁 촉진 등으로 요약할 수 있다. 하지만 그녀가 실제 영국을 구했는지에 대해서는 많은 논란이 있다. 계층적으로는 부자와 상류계급만, 산업적으로는 금융산업만, 지역적으로는 런던 등 동남부 지역만 구했다는 주장이 지금은 더 설득력을 얻고 있다. 어쨌든 쓰레기봉투를 뒤집어쓰고 편의점 물품 사재기를 하는 현재 영국의 모습은 한국이 배우고, 생각해왔던 이미지와는 완전히 다르다.

한국은 '코로나19' 와중에도 '사재기'가 없는 나라이다. 휴전선이나 연평도에 포탄만 한 발 떨어져도 편의점 라면이 동이 나던 게 불과 얼마 전까지 대한민국의 모습이었다. 〈뉴욕타임스〉 칼럼니스트인 토머스 프리드먼은 세계가 BC(Before Corona)와 AC(after Corona)로 변할 것이라는 표현까지 쓰고 있다. 그만큼 '코로나19'라는 재난이 우리의 삶에 미치는 영향이 크다는 것이다.

그럼에도 왜 '지금' 한국에는 '사재기'가 없을까? 사재기 경험이 없지도 않은데 왜 그럴까? 이제 한국에도 '신뢰자본(Trust Capital)'이 형성돼가고 있기 때문으로 생각된다.

자세히 살펴보면, 첫째는 정보공개가 투명하게 이루어지면서 현재 상황에 대한 거버넌스를 믿고 있다는 점이다. 둘째는 서둘러 '사재기'를 하지 않아도 손해를 보지 않는다는 최소한의 공동체의식, 즉 타인에 대한 신뢰가 형성되어 가고 있는 것이다. 셋째는 한국의 유통 시스템, 크게는 자본주의적 시스템에 대한 신뢰이다. 쿠팡을 비롯한 택배회사 등에서 필요한 물품을 배송해 가져다 줄 것이라고 믿는다. 그러면 굳이 미리 사서, 집에다 비좁게 쌓아 놓을 필요가 없는 것이다. 이 세 가지는 여태까지의 한국, 권위적이거나 독재체재하에서는 찾아보기 어려웠던 신뢰이다. 아무리 정부를 믿으라고 해도 믿지 않고 사재기를 했던 사람들이 갑자기 달라진 것이다. 세계 최고 수준의 ICT 기술이 이러한 '신뢰자본'의 형성을 촉진하며 굳건하게 지원하고 있다. 나는 '코로나19'와 관련해 이렇게 형성된 '신뢰자본'이 향후 한국사회에 큰 영향을 미칠 것으로 확신한다. 한국의 경우 타인에 대한 신뢰도가 10% 포인트 증가하면 경제성장률이 0.08% 증가한다는 연구결과도 있다. 경제성장률 0.08%는 금액으로 따지면 50조 원 정도에 해당된다.

한국인터넷진흥원도 덩달아 바빠졌다. 2018년 한국의 소매상품 온라인 거래 비율은 24.1%로 세계 최고였다. 2위인 중국이 18.2%, 미국 9.8%, 일본은 9.0% 정도였다. 2019년 한국의 잠정치는 29.7%. 그렇다면 2020년엔 어떻게 될까? 지금 같은 택배 의존도라면 40%를 넘을 수도 있다고 생각한다. 문제는 온라인 거래가 늘어나면 민원도 같이 늘 수밖에 없다는 것이다. 그 민원을 담당하고 분쟁을 조정하는 곳이 인터넷진흥원이기도 하다. 그래서 제기된 민원이 지금 어떤 과정에 있는가를 모바일에서도 확인할 수 있도록 하는 등 효율적인 업무 시스템을 준비하고 있다.

풍선처럼 한 곳을 누르면 다른 한 곳에 문제가 생기는 것이 '초연결'의 세상이다. 이에 인터넷진흥원은 문제를 예측하고 그에 대한 솔루션을 준비하려고 한다. (2020년 4월 5일)

역사의 신과 거북선, 그리고 코로나19

임진왜란 당시 첫 전투는 1592년 음력 4월 13일에 일어났다. 일본 선봉장 고니시 유키나가는 700척의 배에 1만 8천여 명의 병력을 거느리고 부산진에 상륙한다. 부산진첨사 정발은 600명도 안 되는 병력으로 끝까지 싸우다 전사했다. 이순신 장군이 거북선을 만든 뒤 첫 실전훈련을 한 날은 4월 12일, 일본군이 부산에 상륙하기 겨우 하루 전이었다. 『난중일기』에는 그날에 대해 "식후에 거북선을 타고 지자포(地字砲)와 현자포(玄字砲)를 쏘았다"라고 기록하고 있다. 이순신 장군이 전라좌수사로 부임한 것은 임란 1년 2개월 전, 그것도 일곱 단계를 뛰어넘는 파격적인 인사에 의해서였다. '역사의 신'이 있다면 이런 대목에서 슬쩍 얼굴을 드러낸 것 같다는 생각이 든다.

전 세계를 공포로 몰아넣고 있는 '코로나19'를 보면서 문득 이순신을 떠올렸다. 한국과 미국은 같은 날인 2020년 1월 21일 첫 확진자가 발생한다. 4월 1일 기준으로 확진자 수가 두 배로 늘어나는 데 걸린 시간은 미국이 5일, 세계 평균은 7일, 일본이 11일인 데 비해 한국은 28일이다. 그만큼 한국의 코로나19 대응은 성공적이다. 한국은 신천지라는 예기치 못했던 상황이 있었음에도 불구하고 '강제적 격리'를 하지 않은 유일한 국가이다. 미국은 4월 6일 기준으로 워싱턴과 41개 주정부가 '집 밖으로 나오지 마라'는 행정명령을 내렸고, 이에 각종 언론은 전체 국민의 90%가 자가격리중이라고 보도했다.

세계 최고 권위의 영국 경제전문지 〈이코노미스트〉의 이번 주 메인 뉴스는 '어떻게 한국은 완전한 봉쇄 없이 코로나바이러스를 붙들었는가?'이다. 한국의 브랜드 이미지가 이처럼 높아지고 장기간 긍정적 뉴스의 대상이 된 것은, 단군 이래 처음이다.

한국 모델의 시작은 진단이다. 그 비결을 최초로 보도한 것은 한국 언론이 아니라 영국 〈로이터통신〉이었다. 〈로이터통신〉에 따르면 올해 설 연휴 마지막 날인 지난 1월 27일 질병관리본부는 서울역 회의실에서 국내 민간시약 개발업체들과 긴급 회의를 가졌다고 한다. 당시 국내 확진자는 네 명에 불과했지만 질본은 진단시약 개발을 긴급 요청하고 신속한 승인을 약속했다. 실제로 한 제약회사가 처음으로 진단검사법을 개발해 당국의 승인을 받은 것은 이날 회의로부터 불과 일주일 뒤였다.

외신이라면 깜박 죽는 국내 신문들이지만 이 같은 내용은 거의 보도하지 않았다. 박근혜정부 때 한 곳이었던 마스크 품질 검사기관도 문재인정부 들어 일곱 곳으로 늘었고 그 덕분에 마스크 제조공장은 박근혜정부 시절 20개였지만 지금은 137개로 늘었다.

박근혜정부 때 인사혁신처장을 지냈던 이근면은 현재, '바이러스 헌터'로 세계적인 신뢰를 받고 있는 정은경 질병관리본부장이 메르스 사태 때 쫓겨날 뻔했다고 한다. 메르스 사태 때 방역 실패의 책임을 지고, 감사원이 정은경에게 나가라는 시그널인 정직 처분을 요구했다는 것이다. 정은경 본부장은 여러 사람의 노력 덕분에 겨우 살아남아 문재인정부 들어 1급을 거치지 않고 차관급인 현재의 본부장으로 승진했다. 이런 것을 보면 한국을 돌보는 '역사의 신'은 정말 있는 것 같다.

'코로나19'에 대한 외국의 칭찬이 이어지자 국내 대부분 신문은 이제는 문재인정부가 운이 좋았다고 말을 바꾼다. 누가 해도 시스템이 갖춰져 있었기 때문에 잘할 수 있었을 것이라고 한다. 이순신은 삼도수군통제사에서 파직되면서 배 134척과 수군 1만 7천여 명, 군량미 9천914석, 화약 4천 근, 여분의 총통 300자루 등을 원균에게 넘겨주었다. 원균은 이처럼 잘 훈련된 조선 수군과 화포 등 우월한 장비, 거북선의 건재 등에도 불구하고 칠천량전투에서 세계사에 길이 남을 황당한 패배를 당한다. 반면 죽음의 문턱에서 극적으로 회생한 이순신은 겨우 남은 13척으로 명량해전을 승리로 이끌었다. 마찬가지로 같은 질본 조직이라도 박근혜정부 때와 문재인정부 때 발휘하는 힘은 완전히 다르다. 그 차이를 만드는 것이 리더십이다.

전남 여수에 가면 거북선을 만들었던 선소(船所)유적이 있다. 임진왜란 때 돌격선으로 활약했던 거북선 세 척 가운데 한 척이 이곳에서 만들어졌다고 한다. 땅이 불거져 나온 지형을 이용한 인공호 굴강(掘江)과 무기창고, 관리동 등이 복원되어 있다. 굴강은 거북선의 건조, 수리, 피항을 했던 곳이다. 원균은 칠천량전투에서 조선수군을 거의 전멸시키고 거북선까지 바다에 수장시켰다. 이후 임진왜란이 끝날 때까지 조선은 다시는 거북선을 건조하지 못했다. (2020년 4월 7일)

4부

이식된 근대, 제거된 불온

소년이 온다
–광주시민은 빨갱이가 아닙니다

요즘 광주 도심의 나무들은 현수막으로 몸살을 앓고 있다. 5.18을 전후해 정당과 단체들이 이중, 삼중으로 나무에 현수막을 매달기 때문이다. 그 가운데 하나가 특히 눈길을 끈다.

"광주시민은 빨갱이가 아닙니다."

노벨상, 공쿠르 문학상과 함께 세계 3대 문학상의 하나로 평가받는 맨부커상을 받은 한강의 소설 『소년이 온다』 첫 장면은 광주 5.18 희생자들의 이야기로 시작된다. 소설에서 여섯 명의 화자와 여섯 개의 시선 중 첫 번째로 나오는 중학교 3학년생 동호는 친구 정대가 군인들의 총을 맞아 쓰러져 죽는 것을 보면서도 혼자 도망친다. 죄책감에 시달리던 동호는 도청 상무관에서 희생자들의 시신을 관리하는 일을 돕는다. 그는 추도식 때 유족들이 관 위에 태극기를 덮고 애국가를 부르는 것을 이해하지 못한다.

군인들이 죽인 사람들에게 왜 애국가를 불러주는 걸까? 왜 태극기로 관을 감싸는 걸까. 마치 공권력이 그들을 죽인 게 아니라는 듯이.

여러 가지 설명이 가능하지만, 오래전부터 있었던 '빨갱이 콤플렉스' 때문이기도 할 것이다. 1970년 서울 달동네의 한 주민은 재개발로 집을 강제 철거당하게 되자 철거반원들을 향해 "이 김일성보다 더 나쁜 놈들아!"라고 욕하다가 반공법 위반으로 구속되었다. 반공법 4조 1항 공산주의자 고무찬양죄 혐의였다. 김일성이 세계에서 가장 나쁜 놈이라야 하는데 갑자기 두 번째로 나쁜 놈이라는 것은 고무찬양일 수 있다는 것이 검찰의 논리였다.

5.18은 그 1970년으로부터 불과 10년 뒤에 일어났다. 당시 기록들은 광주 민주화운동 전 기간에 시민들이 태극기를 흔들며 애국가를 불렀다고 전한다. 시위 당시 전남도청 앞 분수대도 태극기로 덮여 있었다. 그럼에도 지만원을 비롯한 극우들은 여전히 광주 민주화운동은 북한군이 개입해서 일으킨 폭동이라 주장하고 있고, 관련 재판은 3년 가까이 늘어지고 있다. 종북좌파들이 5.18 유공자라는 이상한 괴물집단을 만들어내 세금을 축내고 있다는 등의 망언도 끝없이 하고 있다.

'좌파독재 타도'가 정치판의 구호가 되고 신문들이 앞다투어 인용하면서 더욱 그렇기도 하다.

그들은 '광주 민주화운동'이라고 처음 명명한 것이 자유한국당의 전신인 민정당이라는 사실도, 광주 민주화운동 기록물이 2011년 유네스코 세계기록유산에 공식 등재된 것도 무시해 버린다. 오죽하면 '광주시민은 빨갱이가 아닙니다'라는 현수막이 2019년에도 등장할까. 광주시민들에게 아직도 5.18 은 39년 전의 과거의 이야기가 아니다.

광주 5.18광장에는 시계탑이 있다. 그 뒤로는 헬기 기총사 격을 받았다는 전일빌딩이 보인다. 이 시계탑은 5.18의 참상 을 알고 있을 것이다, 라는 이야기가 나돌자 80년대 중반 심 야에 기습 철거돼 다른 지역으로 옮겨졌다. 그 뒤 2015년에야 겨우 원래의 전남도청 앞 광장으로 돌아올 수 있었다. 매일 오후 5시 18분이 되면 시계탑에서는 '임을 위한 행진곡'이 울 려 퍼진다. 5.18은 광주에서 아직도 현재진행형이다.

PS 1. "오빠가 5.18 때 고 2였다. 시위에 합류하려는 오빠를 가족들이 말리다 못해 옷장에 가두고 번갈아 지켰다. 사이렌 소리가 들릴 때마다 불안에 떨었다. 5월이 돌아와도, 가족 모 임이 있어도 아무도 그때의 일을 이야기하지 않는다. 오빠도 80년 5월은 아예 입에 올리지도 않는다. 가족들은 그때 마치 아무 일도 없었던 것처럼 서로 행동한다. 그렇게 기억을 봉인 한 줄 알았는데 세월호 때 뉴스 속 사이렌을 들으면서 다시 가슴이 답답해지고 공포감이 몰려왔다. 우리에게는 아직도 5 월은 현재진행형이다." 집사람이 남도에서 만난 지인의 말이 다. 그녀는 보건의료 쪽 교수로 있다가 세월호 참사 이후 명 퇴를 했다고 한다. 이곳 사람들에게 5.18은 그런 것이다.

PS 2. 광주 구 도청사 앞 전일빌딩의 지번은 '광주 금남로

245'이다. 철거가 예정되어 있던 이 빌딩에서 헬기 기총으로 보이는 총탄 흔적 '245'개가 계시처럼 발견된다. 그러면서 보존하는 쪽으로 빌딩의 운명이 바뀐다. 그 후 조사를 통해 최종적으로 25개의 탄흔이 추가 발견되었다. (2019년 5월 19일)

내가 누구인지는 내가 결정한다

한국인은 세계에서 가장 영화를 많이 본다. 한 사람이 1년 평균 네 편 이상을 본다고 한다. 그러고 보니 나도 올해 초 〈1987〉을 시작으로 〈공작〉, 〈리틀 포레스트〉를 거쳐 〈보헤미안 랩소디〉까지 네 편을 채웠다. 묘하게도 〈리틀 포레스트〉를 제외한 세 편이 80년대나 90년대를 배경으로 하는 영화이다. 내 삶의 계절이 이제는 뜨거운 여름을 지나 가을의 끝자락으로 접어든 탓인지도 모른다.

영화 〈보헤미안 랩소디〉의 하이라이트이자 엔딩 신은 1985년 7월 런던 웸블리에서 펼친 '라이브 에이드(Live Aid)' 공연이다. 1985년은 전두환정권이 한창 위세를 떨치던 해이다. 그해에 최고 권력자의 심기를 거슬리게 했다는 이유로 한국 7위 재벌이던 부산 국제그룹이 해체되었다. 5공 청문회에서 국제그룹 양정모 회장은 전두환이 일해재단(지금의 세종연구소)에 기부금을 제대로 내지 않은 것이 그룹 해체의 진짜 이유라고 주장했다. '광주 사태를 책임 지고 미국은 공개 사과하라' 하며 서울지역 5개 대학 학생들이 미문화원을 점거, 농성했던 것도 그해이다.

80년대 한국 프로야구의 최강자였던 해태 타이거즈는 85년 5월에도 제대로 홈경기를 하지 못하고 원정경기를 하면서 다른 지역으로 떠돌아다녔다. 5월 18일에 홈경기를 할 경우 몇 만의 사람들이 광주 야구장에 모이는 것 자체를 우려한 탓이었다.

그해 서울지방법원은 '직장 여성의 정년은 25세'라고 판결한다. 나는 그때 부산MBC 개국 이후 최초 보도특집으로 '영남의 젖줄, 낙동강' 5부작을 만들고 있었다. 하지만 '프로그램에 낙동강 하류의 오염 이야기도 나오는 것 아니냐'라는 권력기관의 우려 한마디에 경영진이 쫄면서, 최초의 보도특집은 중간에 엎어졌다. 낙동강의 발원지인 태백산 정상 부근 용정에서 시작해 안동호까지 갔다가 촬영이 중단되었다. 그때 안동 도산서원 가는 길에는 개나리 군락이 눈부신 금빛을 뽐내고 있었다.

고통조차 추억이 되면 감미롭다고 한다. 그러나 우리는 너무 빠르게 지나온 세월을 잊고 있는 것 같다. 대통령이 재벌에게 공공연하게 정치자금을 요구하고 마음에 들지 않으면 그룹이 공중분해 되던 시절이었는데도 '그래도 그때가 기업하기 좋았지'하고 일부 언론들은 속삭인다.

1985년 대한민국의 1인당 국민소득은 2천450달러, 2018년 현재는 그 열 배가 넘는 3만 달러인데도 그렇다. 영화 〈내부자들〉의 조국일보 주필이 "어차피 대중들은 개·돼지입니다. 적당히 짖어대다 알아서 조용해질 겁니다"라고 이야기하는 것과 같은 맥락일 게다.

퀸은 아바와 더불어 80년대를 우리와 함께 건너온 뮤지션이다. 먹물 든 척하는 사람들은 대부분 아바보다는 퀸을 더 좋아한다고 말해야만 했었다. 영화에서 퀸의 리드 보컬 프레드 머큐리는 자신의 성 정체성이 밝혀진 후 멤버들에게 이렇게 이야기한다.

"I decide who am I(내가 누구인지는 내가 결정한다)."

우리도 〈내부자들〉의 조국일보 주필에게 휘둘리지 않는 것처럼, 자신의 생각을 갖고 그렇게들 살아야 하지 않을까.

(2018년 11월 24일)

〈미스터 션샤인〉은 드라마일 뿐일까?

거칠게 이야기하면 협약이나 계약을 보는 관점은 두 가지 정도가 있을 수 있다. 어떤 경우이든(계약이 설령 사기나 강압, 폭력에 의해 이루어졌다고 하더라도) 유효하다는 관점이 있을 수 있고 과정에 치명적 흠결이 있다면 다르게 해석할 수도 있다.

예를 들면 일본의 입장에서 볼 때 "1905년 조선의 외교권을 박탈하고 일본이 조선을 '보호'한다"라는 내용을 기록한 을사조약은 당연히 합법적이다. 외부대신 박제순의 직인이 찍혀 있어 형식적인 하자가 없었기 때문이다. 대부분의 친일파 대신들도 반대하지 않았고 고종도 신하들에게 책임을 미루었다.

일본의 입장에서 보면 헤이그특사 사건은 조선이 일본의 뒤통수를 때린 사건이다. 그래서 이토 히로부미는 고종에게 "그따위 음험한 수단으로 협약을 지키지 않으려면 차라리 일본에 선전포고를 하라"고 위협한다. 송병준은 고종에게 자결로 일본에 용서를 구하라고 권총을 들이대고 이완용은 고종에게 퇴위하라고 압박한다.

드라마 〈미스터 션사인〉의 그 장면은 작가의 창작이 아니라 『조선왕조실록』을 토대로 한 것이다. 즉위 이후 순종은 "이상설, 이위종, 이준 무리는 어떤 흉악한 성품을 부여받았으며 어떤 음모를 품고 있었기에 몰래 해외에 달려가 거짓으로 밀사(密使)라고 칭하고 방자하게 행동하여 사람들을 현혹함으로써 나라의 외교를 망치게 하였는가? 그들의 소행을 궁구(窮究)하면 중형에 합치(合致)되니 법부(法部)에서 법률대로 엄히 처결하라"라고 말한다.

한일병합조약도 마찬가지이다. 조선 조정의 각의를 거쳤고 황제의 도장이 찍혀 있는 것은 사실이다. 조건에 대한 사전협의도 있었다. 고종에게는 일본천황 다음가는, 당시로는 거금이었던 연금 100만 원이, 각 대신과 왕족들에게도 축하금과 은사금이라는 명목으로 하사금과 토지 등이 주어졌다.

왕실의 사람들을 제외하고는 고종의 형인 이재면이 가장 많이 받았는데 그 액수는 2010년 기준으로 166억 원에 달한다. 박영효는 56억 원, 이완용은 30억 원 정도를 받았다.

일본의 주장대로 을사조약과 한일병합조약이 합법이라면 안중근 의사와 김구 선생은 합법적 정부에 저항한 테러리스트가 된다. 또, 만주의 독립군들은 '반란군'이 되고 이를 토벌한 한국 건군의 아버지 백선엽 장군은 투철한 '애국지사'가 된다.

법이나 협약을 어떻게 보느냐에 따라 역사도 달라지는 것이다. 그래서 1965년 한일협정 당시, 한국은 1905년의 을사조약과 1910년의 한일합병조약을 무효라고 주장했지만 일본은 한국의 자발적인 서명이 있었기 때문에 유효하다고 주장했다. 일본의 논리대로라면 일본의 식민지배는 국제법적으로 합법이 되고 배상금을 지불할 필요가 없는 것이다. 논쟁 끝에 한일 양국은 각각 알아서 해석하기로 하고 1945년 이전의 조약을 '이미(already) 무효'라고 기술하기로 합의한다. 그래서 한국은 1905년부터 무효라고 발표하고 일본은 1945년부터 무효라고 하며 줄 거 다 줬다고 주장한다. 2004년 8월 〈동아일보〉가 인용보도한 CIA 보고서에는 이렇게 되어 있다.

"한일협정 체결을 앞두고 박정희의 공화당이 일본기업들로부터 6천600만 달러의 정치자금을 받았고 이는 신빙성이 있다(well founded)."

한일협정 체결과 관계가 있을 수도 있는 대목이다. 사실이라면 36년간 식민지배의 대가인 3억 달러의 22%에 이르는 거금이 집권당 정치자금으로 들어갔다는 것이다. 그래서 일본은 '우리는 줄 것 다줬는데 웬 억지냐'라고 한국을 비난하고 그렇게 자국민들에게 역사를 가르친다.

대법원의 강제징용 판결이 문제가 있다고 생각하는 사람은 어떤 상황에서 이루어진 협약이든 지켜져야 한다고 주장하는 사람들이다. 국내 일부 먹물들의 입장이다. 반면 정상적인 상황에서 이루어지지 않은 협약은 문제가 있다고 생각하는 사람도 적지 않다. 다시 정리하면 일제의 식민지지배를 '합법'으로 볼 것인가 '불법'으로 볼 것인가의 문제이다. 우리는 어느 입장에 서야 할까?

케네디는 단테의 『신곡』에 나온다고 하면서, 냉전 시기 베를린에서 이렇게 이야기한다.

> 지옥의 가장 뜨거운 자리들은 정치적 격변의 기간에 중립을 유지한 자들을 위해 예비되어 있다(The hottest places in hell are reserved for those who in a period of great moral crisis maintain their neutrality).

(2019년 7월 29일)

임금의 은혜는 가볍고
명나라 천자의 은혜가 더욱 무겁다

호사카 유지의 『아베, 그는 왜 한국을 무너뜨리려 하는가』라는 책을 읽다가 문득 든 생각이다. 책에서 그는 1868~1945년 대만, 조선, 중국을 침략하고 태평양전쟁을 일으켰던 조슈번의 후예들이 바로 아베 신조를 비롯한 극우파들이라고 지적한다. 아베 총리의 선거구가 바로 조슈번(지금의 야마구치현) 중심지인 시모노세키시(下關市)이다.

호사카 유지는 "일본의 극우가 다시 군대를 가지고 야스쿠니 신사를 국가의 신사로 부활시킬 때 일본은 제2의 침략전쟁을 감행할 것이고 그 첫 번째 희생양은 한국이 될 것"이라고 경고한다.

그런 상황이 벌어지면 한국인들, 아니 친일파들은 어떻게 대처할까? 17세기 일본의 야마자키 안사이라는 유학자는 제자들에게 "중국에서 공자를 대장으로, 맹자를 부대장으로 한 군대를 일으켜 우리나라를 침공해 오면, 공맹의 도를 배우는 우리는 어떻게 해야 하는가"라고 묻는다. 그는 망설이는 제자들에게 "그들과 싸워 공자와 맹자를 잡는 것이 바로 공맹의 가르침이다"라고 꾸짖는다. 하지만 광해군 때 조선의 유학자와 관료들은 임금에게 이렇게 대든다.

"임금의 은혜는 가볍고 명나라 천자의 은혜가 더욱 무겁다."

한국과 미국 간에 충돌이 벌어지면 친미파들은, 지금 태극기와 함께 성조기, 심지어는 이스라엘 국기까지 흔들고 있는 사람들은 어떻게 대응할까? 한국보다는 미국을 편들지 않을까? 한국인으로서의 정체성보다는 자신들의 정신적 모국이나 계급적 이익이 훨씬 더 중요하다고 생각하지 않을까?

호사카 유지는 조선을 집어삼키기 위해 친일파가 꾸준히 양성되어 왔다면서 최근 한국에서 신친일파들이 사회를 잠식하고 있다고 경고한다. 그는 신친일파로 분류되는 어느 학자에 대해 이렇게 쓴다.

"어떤 학자는 1년에 30번 정도 일본을 출입국 한다. 일본 측에서 부르기 때문이다. 부르는 사람들은 일본 정부 모 부처, 공안, 일본 보수단체 등 여러 곳이다. (…) 그는 교통비·체재비뿐만 아니라 사례비로 한 회당 500~1,000만 원을 받는다고 한다. 그렇게 일본을 왕래하면서 1년에 적게는 1억 5,000만 원 정도, 많게는 3억 원 정도를 버는 셈이다."

집안 시제(時祭) 가는 길에 잠시 공주 갑사에 들렀다. 공주 갑사는 친일과 항일 이야기가 혼재된 곳이다. '계룡갑사'라는 현판의 글씨는 조선 말 훈련대장을 지낸 홍계훈이 썼다. 그는 1882년 임오군란 때 민비를 탈출시킨 공로로 벼락출세했는데 뮤지컬 〈명성황후〉 등에서는 민비를 사모하는 역할로 등장한다. 물론 픽션이다. 홍계훈은 을미사변 때는 민비를 구하지 못하고 광화문을 지키다가 일본군의 총에 맞아 숨을 거둔다. 계룡산 갑사는 흔히 금닭이 알을 품고 있는 금계포란(金鷄抱卵)형의 형국으로 알려져 있다. '금계암(金鷄巖)'은 금계포란형의 중심인 혈(穴) 혹은 '알'이라고 하는데 조선말 윤덕영의 글씨라 전해진다. 윤덕영은 순종의 왕비인 윤비의 큰 아버지로, 옥새를 감추고 있던 조카딸의 치마를 들춰 한일병합문에 날인하도록 한 대표적인 친일파다.

그는 이곳 계곡에 별장을 지어놓고 빼어난 풍광을 즐겼다. 한 중앙 일간지에 인기 칼럼을 연재하고 있는 이는 윤덕영이라는 사람이 왜정을 싫어해 이곳에 온 유학자라고 기술한다. 몰랐던 것일까. 아니면 먹고살기 위해 매체 성향을 고려한 것일까. 1898년 인천 감옥에서 탈옥한 김구 선생이 갑사에 도착한 것도 이 계절이다. 『백범일지』에는 "감이 벌겋게 달리고, 낙엽이 날리는 늦가을이었다"라고 기록되어 있다.

(2019년 11월 10일)

그냥 내가 널 보고 깡패라고 하면
넌 깡패야

영화 〈남산의 부장들〉을 보고 왔다. 1979년 그때 나는 대학 3학년이었다. 이병헌이 헬기에서 내려다보던, 부마항쟁 현장에도 있었다. 10월 26일 궁정동 사건이 없었으면 지금과는 완전히 다른 인생을 살고 있었을지도 모른다.

영화에는 메인 스트림은 아니지만, 중간중간 비자금 이야기가 나온다. 청와대 도청 사건을 미국에 항의하자 주한미국 대사는 그러면 대통령의 스위스 비자금 계좌를 까버리겠다고 맞선다. 사실 비자금 이야기는 오래전부터 나돌았다.

2004년 공개된, 1966년 3월 18일 자 미국 CIA(중앙정보국) 특별보고서에는 "민주공화당(박정희시대 집권당)이 일본으로부터 자금을 받고 있다는 비난은 근거가 충분하다"라며 "1961~1965년에 여섯 개 일본 기업이 각각 1백만 달러에서 2천만 달러씩 6천6백만 달러를 민주공화당에 지원했다"라고 적혀 있다. 36년간 일제 식민 지배의 대가로 받은 돈이 무상 3억 달러, 차관 2억 달러였던 것을 감안하면 6천6백만 달러의 정치자금은 엄청난 금액이다.

'비밀'로 분류된 이 문서는 또 정부방출미 6만 톤을 일본에 수출하는 과정에 개입한 한국 기업 여덟 곳이 공화당 쪽에 정치자금 11만 5천 달러를 바친 것도 근거가 충분하다고 기록하고 있다.

2004년 8월 한겨레신문과 2005년 1월 프레시안의 보도를 보면 영화 속 비자금들이 어떻게 만들어졌는지를 짐작게 한다. 물론 한일협상의 주역들이 협상의 대가로 돈을 받았다고 시인한 적은 없다. 일본정부는 사실 여부에 대해서는 언급하지 않고 외교문서 공개는 바람직하지 않다는 입장만 밝히고 있다.

영화에서는, 미국에서 박정희정권의 독재를 폭로한 김형욱 전 중정부장이 실종되자 박 대통령 역할을 맡은 이성민이 그가 들고 나간 돈을 가져오라고 이병헌(김재규 역) 중앙정보부장을 압박한다.

영화 마지막 장면에는 보안사령관이 청와대 비밀금고에서 돈과 스위스 비자금 계좌서류를 훔쳐가는 장면이 나온다.

현실은 더 비극적이다. 12.12쿠테타로 청와대를 점거한 전두환 당시 보안사령관은 금고를 열고 돈을 나눠준다. 박근혜 전 대통령도 당시 전두환으로부터 6억 원을 받았다고 한나라당 대선후보 경선에서 인정하기도 했다. 당시 최고급단지였던 31평형 은마아파트 29채를 살 수 있었던 금액이라고 한다. 1979년 6억 원은 단순 현재가치로는 33억 정도, 정기예금 금리로는 90억 원 수준이라고 한다. 2012년 12월 〈오마이뉴스〉

의 보도니까 지금은 이보다 훨씬 가치가 높을 것이다.

그 돈은 모두 어떻게 만들어졌을까? 지금 그 돈들은 어디에 있을까? 영화 〈남산의 부장들〉은 대상자들의 이름까지 바꿔가며 현실과 상상이 결합한 팩션임을 굳이 강조하고 있다. 〈남산의 부장들〉에 대해 불편한 심기를 노골적으로 드러내는 보수언론들이 부담되었기 때문일까?

PS 1. 『김형욱 회고록』은 박사월에 의해 1980년대 후반 한국에서 출판되었다. 김경재(필명 박사월)는 15, 16대 민주당 국회의원으로 당선되었는데, 이후 18대 대선에서는 박정희의 딸인 박근혜 편에 섰다.

PS 2. 김형욱 부장 역을 맡은 곽도원의 사람 패는 솜씨는 정말 일품이다. 영화 〈변호인〉에서 곽도원은 임시완을 고문해 자백을 받아내는 등 국가(국가를 등에 업은 본인) 권력에 저항하는 사람들을 모두 빨갱이로 몰아세운다. 변호사를 마구잡이로 구타하다가 갑자기 애국가가 들려오자 진지하게 국기에 대한 경례를 한다. (영화 〈국제시장〉에서 황정민도 부부싸움 중 애국가가 들리자 벌떡 일어나 가슴에 손을 얹는다.) 2012년 영화 〈범죄와의 전쟁〉에서 곽도원은 이번에는 공안 경찰이 아니라 검사로 등장해 화장실에서 반건달인 최민식을 발로 짓밟으며 이런 명대사를 날린다.

"난 네가 깡패인지 아닌지 관심 없어. 그냥 내가 널 보고 깡패라고 하면 넌 깡패야. 알겠냐.”

범죄 자체의 사실 여부가 중요한 것이 아니라 검찰이 '기분 나빠. 너 나쁜 놈이야' 하면 그냥 범죄자라는 것이다. 〈남산의 부장들〉에서도 곽도원의 고문 연기는 정말 리얼하다.

(2020년 2월 2일)

다시는 종로에서 기자들을 기다리지 마라

외국에서 주는 상을 받았다고 더 우수한 영화는 아니다. 하지만 오랫동안 독자적 기준을 가져보지 못한 한국에서 외국의 평가는 대단히 중요한 것이었다. 1985년 개봉한 임권택 감독의 〈길소뜸〉 포스터에는 '제36회 베를린 국제영화제 출품 결정'이라고 크게 표기되어 있다. 수상도 아니고 그냥 '출품 결정'이다. 그것만으로도 영화가 작품성이 있다는 의미를 전하며, 흥행에도 도움이 될 것으로 생각했다는 뜻이다. 물론 영화제 출품에는 적잖은 비용이 든다. 자막 번역도 필요하고 필름 시절이어서 다시 프린트도 해야 하고 관계자들의 출장도 필요하다.

이번에 영화 〈기생충〉의 오스카상 수상을 위한 홍보비용도 100억 원 이상 들었다고 한다. 지금보다 경제 사정이 좋지 않았던 그때는 출품 결정 자체가 그야말로 대단한 결단이었다. 봉준호 감독의 〈기생충〉이 칸에서 시작해 골든글로브, 아카데미까지 각종 영화상을 석권하는 것을 보면 참으로 격세지감이 든다. 60~70년대 '눈물 없이는 볼 수 없는'으로 광고 카피가 시작되던 한국영화, 〈애마부인〉 시리즈로 대표되는 80

년대 한국영화들이 언제 이렇게 성장을 한 것일까?

대중음악에서 BTS의 기록도 그렇다. 라디오만 틀면 외국 노래가 나오던 시절이 아직 생생하다. 세계 문화산업계에서도 외국의 콘텐츠에 내주었던 대중문화시장을 되찾고 해외로까지 진출하는 나라는 한국이 거의 유일하다고 평가된다.

나는 크게 두 가지 원인이 있다고 생각한다. 첫째는 민주화의 진전으로 '표현의 자유'가 확대되었다. 독재정부 시절에는 툭하면 방송 금지고 필름 삭제였다. 하길종 감독의 1975년작 〈바보들의 행진〉은 172분의 영화 가운데 검열을 거쳐 상영된 것이 고작 102분이었다. 1/3 이상을 잘라낸 것이다. 〈바보들의 행진〉 OST 가운데 '왜 불러'와 '고래사냥'은 반말조 등을 이유로 방송 금지처분을 받았다. 영화 〈기생충〉에서 '제시카 징글'로 유명한 '독도는 우리 땅'도 한때는 방송금지곡이었다.

'시인의 마을'의 가수 정태춘 등의 투쟁으로 사전검열이 폐지된 것은 김대중정부 시절인 1998년이었다. 검열을 아예 포기하고 불법을 감수했던 정태춘의 명곡, '92년, 장마 종로에서' 가사 중 일부는 이렇다. 노래를 들어보면 거의 30년 전 노래인데도 마치 지금의 한국사회를 묘사한 것 같아 소름이 끼칠 정도이다.

다시는 다시는 종로에서 깃발 군중을 기다리지 마라
기자들을 기다리지 마라 비에 젖은 이 거리 위로

사람들이 그저 흘러간다 흐르는 것이 어디 사람뿐이냐

다시는 다시는 시청 광장에서 눈물을 흘리지 말자
물 대포에 쓰러지지도 말자 절망으로 무너진 가슴들
이제 다시 일어서고 있구나

친일작곡가들까지 원로대접을 해가며 특집을 만들었던 KBS '불후의 명곡'에 정태춘이 등장한 것은 문재인정부가 출범하고도 22개월이나 지난 2019년 3월이었다. 정태춘의 노래는 그만큼이나 불온했던 것일까. 그만큼이나 불편을 느끼는 사람이 많았던 것일까.

국내시장에 안주해왔던 한국영화는 2006년 노무현정부 때 스크린쿼터가 146일에서 73일로 줄어들면서 치열한 생존경쟁에 내몰린다. 하지만 놀랍게도 당시 20~30% 수준이었던 한국영화의 국내시장 점유율은 그 이후 지금까지 50% 전후를 유지하고 있다. 경쟁이 체질을 강화한 것이다. '출품 결정' 정도가 홍보 콘셉트였던 한국영화가 이제는 웬만한 영화제 수상은 눈에 차지도 않는 정도가 되었다.

PS. 박근혜정부 시절 좌익으로 블랙리스트에 올랐던 봉준호 감독이 미국에서 최고의 상을 받자 갑자기 영웅이 되었다. 대구에서 선거에 출마한 미래통합당 국회의원 예비후보들은 봉준호 기념관, 생가터 복원, 동상 건립 등을 앞다투어 공약으로 내놓고 있다. 이것은 격세지감일까, 상전벽해일까, 어리둥절일까, 황당무계일까, 아연실색일까, 그것도 아니면 후안무치일까. (2020년 2월 12일)

진짜가 나타났다

일본 추리소설이나 일본 수사물 드라마를 보면 커리어 (carrier)라는 단어가 자주 나온다. 한국식으로 이야기하면 고 시에 합격해 고위관료가 된 계층을 의미한다. 문제는 일본의 커리어(carrier)와 논커리어(non carrier) 사이에는 건널 수 없 는 강이 있다는 것이다. 커리어가 최고로 올라갈 수 있는 자 리와 논커리어가 차지할 수 있는 자리가 다른, 이른바 현대 판 골품제가 있다.

일본 최고의 실세 부처인 대장성의 경우 직원이 8만 명 정 도인데, 이른바 출세가 보장된 커리어 관료는 1% 정도라고 한다. 커리어 사이에도 그룹이 있다. 도쿄대 3학년 때 합격하 면 1그룹, 4학년에 때 합격하면 2그룹, 기타는 3그룹 하는 식 이다. 많은 부분은 과장일 것이다. 그렇지만 한국처럼 순경 출 신이 경찰청장이 된다든지 9급으로 들어가 장관이 되는 일은 일본에서는 거의 불가능한 일이긴 하다. 다른 이유도 있긴 하 지만 관료제 개혁을 시도하다가 무너진 정권이 바로 2010년 민주당 하토야마 내각이다. 아베 정권은 이런 관료 우위의 관 행을 무너뜨리는 데 어느 정도 성공했다고 한다. 자민당의 장기 집권 가능성 때문에 관료들도 크게 반발하지 못했을 수도 있다. 『나쁜 나라가 아니라 아픈 나라였다』라는 책에서 KBS 전 일본특파원 이승철은 '아베정권은 종전에는 관례를 깨고 각 부처의 국장급 인사까지 결정하고 있다'라고 한다.

이와는 대척점에 있는 것이 최근의 한국 프로야구 감독 선임 시스템이다. 열 명의 감독 가운데 이른바 엘리트에 해당하는 스타 출신 감독은 세 명에 불과하다. 삼성의 허삼영 감독은 코치조차 경험한 적이 없다. 허 감독은 삼성야구단 말단 행정직원 출신이다. SK의 염경엽 감독은 이른바 한국 프로야구의 전설적 기록인 멘도사라인에 걸쳐 있는 사람이다.

멘도사라인은 대개 리그 평균 타율에 한참 못 미치는 1~2할대 초반 정도의 타율을 의미하는데, 쉽게 말하면 선수출신이긴 한데 손에 꼽힐 정도로 야구를 못했다는 뜻이다. 그럼에도 감독이 되고 제갈량에게 빗대 '염갈량'이라는 소리를 듣고 있다.

한국 프로야구도 초창기 때에는 스타 출신 정도가 아닌 슈퍼스타 출신의 감독을 맡았었다. 최동원과 더불어 한국 최고의 투수인 선동렬도 은퇴한 뒤 바로 수석코치가 되고 다시 1년 만에 감독이 됐다. 한국 프로야구와 일본 관료 시스템의 차이는 무엇일까? 성과가 누구의 눈에나 즉각적으로 보이고 그 성과로 평가한다는 것이다. 한국 프로야구계에는 기업 CEO보다 더 냉혹한 평가시스템이 정착되어 있다. 그래서 한국 프로야구 감독들은 감이나 관례, 경험이 아닌 새로운 테크놀로지(데이터야구)를 다투어 받아들이고 선수들과의 소통을 강화한다. 소통 능력과 데이터야구에 대한 이해는 감독 임명 발표 때 빠지지 않는 선임 이유이다. 유능한 선수였다는 것이 유능한 감독이 될 것을 보장해주지 않는다는 것을 한국 프로야구계는 이제 잘 알고 있는 것이다.

한국의 다른 분야는 어떨까. 최근 국회의원 후보로 정당 공천을 받은 어떤 이는 출마를 알리는 포스터로 화제가 되었다. 현재 재직 중인 지방대학보다 수십 년 전의 서울대 졸업이 더 크게 인쇄되어 시선을 끌게 되어 있었기 때문이다. 세상의 변화 속도를 감안하면 30여 년 전에 서울대를 졸업했다는 것은 그 당시 암기력이 좋아 입학시험을 잘 쳤다는 것 외에는 아무것도 증명하지 못한다. 그 이후에 본인의 분야에서 어떤 성과를 냈느냐가 중요하다. 그럼에도 그는 그의 이력 가운데 '서울대 졸업'이 지역 유권자들에게 가장 잘 먹힌다고 생각했다는 것이다. 그의 캠페인 슬로건은 '진짜가 나타났다'이다.

'진짜'는 무엇이 진짜라는 말일까? 표창장 시비가 일고 있는 누구들과는 달리 자신의 서울대 졸업만은 진짜라는 뜻일까? 세상은 변한 것일까? 변하지 않은 것일까? 아니면 변하고 있는 중일까? (2020년 3월 7일)

일본영화 〈신문기자〉
-기사와 소설 사이

한국인이 발행한 최초의 신문은 1883년의 '한성순보'이다. 한국 최초의 신문은 1881년 부산에서 일본인 상업단체(요즘 식으로는 부산 상공회의소)가 창간한 '조선신보'이다.

한성순보나 독립신문 시절에는 사환처럼 기사 소스를 물어오는 사람이 따로 있었다. 그러면 양반다리에 상투 짜 올리고 편집부 책상에 앉으신 분들이 기사를 썼다. 선비가 밖으로 나돌면서 이야깃거리를 찾는 것은 그 당시에도 점잖은 일은 아니었다. 본격적으로 취재기자가 등장한 것은 1919년 조선, 동아 등의 창간 이후다.

일본 식민지시기 이식된 신문발행 시스템이다 보니 취재도 일본 스타일을 그대로 가져왔다. 정부 부처는 물론 경찰서까지 기자실을 만들고 독점적으로 정보를 제공했다. 기자실이 정보를 독점하고 가입을 제한하는 나라는 세계에서 이제 일본과 한국뿐이다. 믿기 어렵겠지만 기자실에 가입하지 못한 설움 때문에 목숨을 끊은 기자들도 한국에는 여럿 있다.

취재하기 어려운 출입처일수록 기자실이 배타적이고 출입처와 기자실의 유착관계가 끈끈하다.

검찰 기자들이 검찰의 시각만 일방적으로 대변하는 것은 그렇게 하지 않으면 정보 공급 루트에서 배제되기 때문이다.

일본 경찰소설 등을 보면 기자와 경찰의 관계는 완전히 갑을관계이다. 주니어 기자들이 매일 아침저녁 경찰서 형사간부의 집을 찾아가 새로운 정보가 없는지를 묻곤 한다.

2차 세계대전 이후 자민당이 아닌 야당 최초의 총리였던 호소카와의 첫 직업은 아사히신문 사회부 구마모토 주재 기자였다. 구마모토(熊本)의 영주였던 가토 기요마사(加藤淸正)가 임진왜란이 끝나고 처형을 당한 이후부터 메이지유신까지 호소카와 집안은 구마모토에서 300년 가까이 영주를 지낸다.

1995년 구마모토 취재 당시 현청 관계자에게 물었다. 귀족 출신인 호소카와가 경찰서에 나타나면 간부는 슬쩍 자리를 비우고 그러면 호소카와 기자가 들어가 단독으로 수사서류를 보고 기사를 썼다고 한다.

"다른 기자들의 반발은 없었나요?"

"왕자님이셨잖아요."

입이 무거운 공무원이어서 그들 문화에는 익숙지 않은 폭탄주를 무려 열 잔 가까이 마시게 한 뒤 얻어낸 답변이다. 늘 '단독'만 하다 보니 재미가 없어져서 그랬는지 호소카와는 2년 만에 기자 생활을 그만두고 국회의원이 된다.

이처럼 일본 언론은 기자실을 통한 담합이 일상적이다. 그래서 심은경에게 일본 아카데미 최우수 여우주연상을 안겨준

〈신문기자〉 같은 경우는 아주 예외적이다. 현직 총리의 사학 비리 스캔들을 소재로 한 데다가 관련자들 일부가 수사직전 자살을 하기도 했었다.

　나는 그래도 일본의 신문기자들이 한국보다는 낫다고 생각한다. 최근 영국 출신의 프리랜서 저널리스트인 라파엘 라시드는 한국 언론이 "정도를 넘어 독자를 기만한다"라고 이야기한다. 그는 "참담한 수준"이라면서 "팩트 체크의 누락, 사실의 과장, 표절, 사실을 가장한 추측성 기사, 언론 윤리의 부재" 등 다섯 가지를 한국 언론의 문제로 꼽는다. 쉽게 이야기하면 정파적 이익을 위해 사실 여부도 확인하지 않고 '프레임'에 맞춰 소설을 쓴다는 얘기이다. 남의 기사도 마음대로 표절해 갖다 쓴다(일본어로는 우라까이). 일본 신문을 '권력의 감시견'의 좋은 모델이라고 할 수는 없지만 적어도 그들은 거짓 기사나 표절, 추측성 보도 등 언론 윤리에 대해서는 한국보다 엄격하다. 그들은 최소한 소설을 써놓고 기사라고 주장하지는 않는다.

　아, 한국이 일본 언론보다 나은 것도 하나 있다. 일본에 비하면 한국 언론의 보도는 확실한 일관성이 있다. 문재인정부가 대일 강경정책을 내놓으면 외교참사, 물러서면 외교참사, 아무것도 하지 않으면 그래도 외교참사이다.

　(2020년 3월 8일)

트로트 열풍을 바라보는 또 다른 생각

물이 높은 곳에서 아래로 흐르듯 문화도 그렇다. 힘 있고 돈 있는 사람들의 문화향유나 소비행태는 자연스럽게 아래로 전파가 된다. 폭탄주문화도 그랬다. 힘 있고 돈 있는 사람들이 양주폭탄주를 마시니까 서민들은 소주폭탄주로라도 비슷한 분위기를 느껴보고자 한다.

음악도 마찬가지이다. 판소리는 조선 말 양반들의 음악이었다. 서민들은 한문 투의 고사성어 범벅인 판소리 가사를 이해하지도 못했고 몇 시간씩 감상하고 있을 여유도 없었다. 일제강점기가 되면서 이제는 일본인들과 친일파들이 돈 있고 힘 있는 계층이 된다. 1935년 무렵에는 '유행가' 혹은 '가요'라고 불리는 트로트가 메인 스트림이 되었다. 조선의 전통적인 감수성과는 무관하지만 트로트는 물 건너온 박래품(舶來品)으로 그 당시 기준으로는 새롭고 세련된 장르였다.

초기 트로트 가수나 작곡가들 가운데는 클래식 작곡 전공자나 성악가 출신들이 많았다. 그들이 보기에도 트로트는 된장 냄새 나는 민요보다는 훨씬 근대적이고 폼나 보였을 것이다. 상업적 성공 가능성이 전통민요에 비해 훨씬 크기도 했다.

'봉선화'로 유명한 홍난파도 클래식을 전공했지만 트로트 작곡에 손을 대기도 했었다. 나소운(羅素雲)이라는 예명으로 곡을 썼다고 하는데 대중적으로 성공하지는 못했다. 차라리 다행이었다고 해야 할까.

해방 이후 6.25전쟁과 미군의 주둔을 거치면서 다시 선망의 음악 장르는 팝으로 바뀐다.

대중음악의 주류가 일본 영향의 트로트(이른바 뽕짝)에서 빠다냄새 나고 더 구매력이 있는 팝 음악 쪽으로 넘어간 것이다. 여기에 박정희 대통령은 국민들의 반대 속에 한일협정 체결을 강행하면서 겉으로는 일본과의 차별성을 보이기 위해 '왜색풍(倭色風)'을 이유로 들며, 트로트 가요를 무더기로 방송금지시킨다. '동백아가씨' 등이 대표적이다. 그러면서 자신은 술만 취하면 일본 군가나 〈남산의 부장들〉에서 보듯 '황성옛터' 같은 노래를 불렀다. '황성옛터'는 우리나라 최초의 트로트 가요이다.

요즈음 다시 트로트 열풍이 대단하다. 얼마 전 한 신문은 자매방송의 '미스터트롯' 열풍을 분석하면서 '최근의 정치경제 상황으로 쌓인 울분'이 트로트의 부활을 가져왔다고 썼다. 길을 가다 넘어져도 문재인정부 탓이듯이 트로트 열풍도 '젊은 층이 사회에 나가면서 겪는 좌절감과 무력감이 증폭되고 무너진 계층 사다리와 무너진 공정사회에 대한 기대감' 탓이라고 보도한 것이다.

내 생각은 완전히 다르다. 이제는 트로트라고 낮춰 보지 않고 클래식이라고 주눅 들지 않는, 좋은 것은 그냥 좋다, 라고 말할 수 있는 여유가 생겼기 때문이라고 생각한다. 트로트가 방송금지곡으로 무더기로 묶이자 트로트의 원류가 일본의 엔카(演歌)가 아니라 한국 음악이라고 주장을 하던 시절이 있었다. 이제는 그런 억지 주장을 할 필요가 없어진 것이다.

짜장면이 한국의 음식이 된 것처럼, 일본에서 건너온 것이든 아니든 즐거우면 즐기면 된다고 하는 문화적 소비행태가 자리 잡았다. 한국의 대중문화가 세계적 수준이 되면서 갖게 된 여유라고 생각한다. 젊은 세대들도 마찬가지이다. BTS도 좋지만 트로트라는 낯설고 새로운 쿨함을 보고 있는 것이다. 신문기사 논리대로라면 체 게바라 티셔츠를 입고 다니는 모든 사람은 '체'의 무장혁명사상에 동조하는 것이라고 주장하는 셈이다.

음악 장르 자체만으로 우열을 따지는 것은 사람에 대해 신분제 이야기를 하는 것과 같다. 적어도 유럽이나 미국은 그렇게 생각한다. 이제는 판소리 전공자가 트로트를 부르고 성악 전공자가 대중가요를 부른다. 크로스오버 혹은 융합이기도 하지만 광고업계의 표현을 빌리면 이렇다.

"무조건 소비자가 옳다."

우리도 이제 클래식이라고 주눅 들지 않을 정도가 된 것이다. (2020년 3월 12일)

모든 살아 있는 문화는 불온하다

한국의 근대는 제도와 문화가 해외로부터 유입되면서 시작되었다. 제도나 문화상품의 해외 의존은 최근까지도 마찬가지였다. 그러다 보니 맥락 없는 수입들이 많아져 웃픈 현상들도 자주 나타난다. '카추샤' 같은 러시아 노래가 그 사례이다. 1938년 작곡된 '카추샤'는 러시아 '붉은 군대'의 군가이다. 우리로 치면 국군의 날 사열 때 등장하는 음악이다. 하지만 한국 최대의 음원 판매 사이트 '멜론'에서는 태교음악으로 분류되어 있다. 러시아의 군대 음악이 한국에서는 태교음악이 된 것이다.

재즈도 비슷하다. 미국 남부 뉴올리언스의 홍등가에서 손님을 끌기 위해 시작됐던 재즈는 한국에서는 아주 '쿨'하고 '힙'하고 '엣지' 있는 문화 아이콘이 되었다. 술집 이름만 해도 '재즈 바'는 뭔가 있어 보이지만 '판소리 바'는 전혀 그렇게 느껴지지 않는다. '우리 것은 좋은 것이여' 하고 아무리 주장을 해도 우리의 심리상태는 그것을 받아들일 만큼 성숙하지 않은 것이다.

'돈데 보이(Donde Voy)'라는 멕시코 노래와 '기차는 7시에 떠나네'라는 그리스 노래도 그렇다.

'돈데 보이'는 멕시코에서 사막을 건너 미국으로 밀입국하려는 사람들의 이야기이다. 가사에도 "태양이여, 내 모습이 드러나지 않게 해주세요. 이민국에 들키지 않도록" 하는 내용이 있다. 사막도 모자라 트럼프 대통령은 지난 대선 때 미국과 멕시코 간 국경장벽 설치를 공약했다. 그것도 멕시코에 비용을 부담시키겠다고 했다. 멕시코의 당연한 반발에 부딪혔지만 그래도 총 2천70km의 장벽이 미국 예산으로 내년 말까지 세워진다고 한다. 옛날식으로 표현하면 5천2백 리 정도의 장성이 되는 셈이다.

영화 〈페드라〉의 작곡가이기도 한 테오도라스키의 음악 '기차는 7시에 떠나네'도 '가슴속에 칼을 품고서' 혁명을 위해 떠나는 친구를 배웅하는 노래이다. '돈데 보이'도 '기차는 7시에 떠나네'도 한국에서는 맥락이 삭제된 채 서정적인 슬픈 사랑의 노래가 되었다. '기차는 7시에 떠나네'의 한국 번안곡 가사는 소설가 신경숙이 쓰고, 노래는 조수미가 불렀다. 작곡가인 테오도라스키나 그가 음악감독을 맡았던 영화 〈페드라〉에서 음울한 톤으로 주제가를 불렀던 배우 멜리나 메르쿠리도 모두 그리스 민주화운동에 앞장섰던 사람들이다. 한국에는 이 같은 정치적이고 불온한 저항의 분위기가 거세된 채 들어온 것이다.

오래전, 시인 김수영은 이렇게 말한 적이 있다.

"모든 살아있는 문화는 본질적으로 불온한 것이다. 그것은 두말할 것도 없이 문화의 본질이 꿈을 추구하는 것이고, 불가능을 추구하는 것이기 때문이다."

중국 코로나가 '하느님의 벌'이고, 가진 돈만큼 정치적 권한을 갖는 것이 정당하다고 믿는 사람들은 대체로 〈변호인〉, 〈공조〉, 〈기생충〉, 〈남산의 부장들〉 같은 영화들을 좌빨이라고 생각한다. 그런 사람들 때문에 외국의 문화상품들이 '위장'해서 들어왔다고 하면 너무 선의의 해석일까? 아니면 대중문화상품은 그런 사람들에게도 팔아야 하는 것이기 때문에 그랬을까?

〈페드라〉라는 영화 이름을 알게 된 것은 이어령 선생 덕분이다. 이 선생은 그의 첫 수필집 『흙 속에 저 바람 속에』에서 지금과는 달리 외국 문화에 대한 동경을 너무 쉽게 드러내 보였다. 40년도 넘은 기억이지만 그 책에서 이어령 선생은 동네 개 이름에는 '해피'가 가장 많다면서 행복을 바라는 마음들을 그려냈다. 그때는 그랬던 시절이었다. (2020년 3월 20일)

약육강식은 '자연'스러운 일이다

32년간 중학교에서 근무한 아내에게 들은 이야기이다. 중학교 수업시간에 호랑이가 토끼를 잡아먹는 그림을 보여주고 반응을 물었다. 1)자연스럽다 2)나쁜 일이다

모두의 선택은 1)이었다고 한다. 힘 있는 사람이 힘없는 사람의 빵을 뺏는 것에 대한 생각을 묻는 질문도 이어졌다. 여기서도 '1)자연스럽다'가 '2)나쁜 일이다'에 비해 훨씬 많이 나왔다고 한다. 학생들이 그렇게 판단한 이유는 학교에서도 그렇고 현실에서도 그런 일이 많기 때문이라는 이유였다고 한다. 인간은 왜 동물과 다른가, 도덕은 왜 필요한가 하는 수업의 도입부였는데, 아내는 한동안 할 말을 잃을 수밖에 없었다고 했다.

전쟁과 추위, 질병은 늘 가난한 사람, 사회적 약자부터 먼저 덮친다. 사회적 거리 두기도 부자나 일정 정도 이상의 사람들에게나 가능한 이야기이다. 재택근무도 마찬가지이다. 재택근무나 사회적 거리 두기를 위해 물품을 배송하는 사람들은 추리소설의 '투명인간'처럼 눈에 잘 보이지 않는다. 비정규직, 자영업자, 중소기업 근로자, 노인과 여성, 어린이들이 그

221

렇다. 국가는 당연히 그들 취약계층부터, 손님이 없어도 가게 문을 열 수밖에 없는 소상공인과 자영업자부터 돌보아야 한다. 그것이 공동체의 존재 이유이고 인간에 대한 예의다.

그럼에도 재난기본소득은 '퍼주기'라고 비난한다. 세계 각국이 앞다투어 시행하는 데도 그렇다. IMF 때 부실기업을 지하기 위해 투입한 170조 원에는 별말이 없었다. 브라질 전 대통령 룰라의 말처럼 왜 부자를 돕는 것은 투자이고 가난한 사람을 돕는 것은 비용인가? 재계는 '코로나19'를 핑계로 법인세와 상속세를 인하하고 유연근로제, 특별근로제를 시행할 수 있게 해달라고 한다. 노동자의 해고와 초과근무 요구도 쉽게, 부자들의 재산상속도 쉽게 해달라는 것이다. 벼룩도 낯짝이 있다고 하는데 이를 비판하는 레거시 미디어 기사는 거의 없다. 부자들과 이해가 같아서일까?

서울 아파트 가격이 하락할 조짐이 보이자 양도세 중과를 늦춰주고 대출 규제도 다시 풀어달라고 주장한다. 아파트 가격이 내려가도 피해를 입는 것은 부동산 투기꾼들, 다주택자들, 건설회사들밖에 없다. 신문들은 콜센터 직원들의 열악한 환경개선이나 반지하 방 사람들에 대한 기본소득 지원 대신 재계나 부동산 부자들의 이야기들만 크게 보도한다.

퀴 보노(Qui Bono)? 누가 이익을 보는가? 살인사건이 나면 탐정은 '퀴 보노(Qui Bono)'라고 묻는다. 이제 우리는 기사와 주장마다 누가 이익을 보는가를 일일이 확인해야 하는 그런 세상으로 가고 있는 것일까? 가난한 사람들은 신문광고를 할 수 없기 때문에 언론기업이 먹고살기 위해 부자들의 주장을 크게 보도한다면 차라리 다행이다. 그들은 힘 있는 사람이 없는 사람의 빵을 뺏는 것을, 호랑이가 토끼를 잡아먹는 것을 '자연스럽다'라고 생각하고 있는 것은 아닐까?

백년전쟁 때인 1347년 잉글랜드 왕 에드워드 3세는 프랑스의 칼레시를 점령하며, 시민 여섯 명이 목숨을 바친다면 나머지 사람들은 살려주겠다고 한다. 그러자 칼레시의 가장 부자였던 '유스타슈 생 피에르'가 제일 먼저 죽음을 자청하고 나서고 시장과 판사 등 다른 사람들이 그 뒤를 따른다. 그들은 영국의 요구대로 목에 밧줄을 매고, 자루 옷을 입은 채 처형장으로 향한다. 그들도 죽음을 두려워한다. 하지만 무거운 책임도 동시에 느낀다. 로댕의 유명한 '칼레의 시민들'은 그 순간을 소재로 한 것이다.

'칼레의 시민들'은 모두 열두 개가 만들어졌다. 로댕의 사후 100년 되는 해인 1995년 그가 남긴 거푸집에서 열두 번째 '칼레의 시민들'이 만들어져 한국에서도 상설 전시되고 있다. 칼레시와 같은 상황이 생기면 한국에서도 죽음을 자초하고 나서는 사람들이 과연 있을까? '노블레스 오블리주'는 한국에서 정녕 기대하기 어려운 것일까? (2020년 3월 23일)

대형 고인돌이
더 위대한 문화유산인가?

삼국시대의 다음 왕 중 중앙집권국가를 완성한 왕이 아닌 사람은? 이런 식의 시험문제를 풀던 시절이 있었다. 지금 생각해보면 이런 문제에는 두 가지 곱씹어볼 만한 점이 있었다. 첫째는 단순히 사실을 외우는 것이 무슨 의미가 있는가 하는 것이고 두 번째는 더 중요한 지적인데 중앙집권을 은연중에 잘한 일, 훌륭한 업적으로 전제하고 있다는 점이다.

중앙집권국가의 완성은 시기적으로는 백제 근초고왕(346~375), 고구려 소수림왕(371~384), 신라 법흥왕(514~540) 무렵이다.

나주 화순지역의 고인돌(고여놓은 돌이라는 뜻) 유적을 둘러보다가 문득 생각난 시험문제이다. 현재 한반도에는 고인돌 왕국이라고 불릴 정도로 많은 유적이 남아 있다. 전 세계 고인돌의 무려 40%인 3만기 정도가 한반도에 있다. 2000년에는 강화, 고창, 화순 등 세 곳의 한국 고인돌 유적지가 '유네스코 세계문화유산'으로 등재되기까지 했다. 그 가운데 한국 전체 고인돌의 66%를 넘는 2만 기 정도가 고창, 나주, 화순 등 호남지역에 몰려 있다.

학자들은 만주 요동벌에서부터 한반도 중부이북지역에서 주로 발견되는 고인돌은 전망 좋은 언덕에 위풍당당하게 자리 잡고 있으며 규모도 크다고 한다. 반면 남부지역에서는 대체로 군집형태로 나타난다고 한다. 그러한 차이는 두 지역의 '사회발전 정도', 즉 지배자가 행사할 수 있는 권력의 크기와 범위가 달랐던 탓으로 보고 있다. 근데 지배자의 권력이 강화되는 것, 고인돌의 규모가 커지고 언덕으로 올라가는 것이 피지배자의 입장에서도 사회발전이고 행복이었을까?

『사피엔스』의 저자 유발 하라리는 '농업혁명'은 역사상 최대의 사기라고 단정한다. 농업혁명이 수렵채집보다 발전된 생산양식이라고 가르치지만 실상은 그렇지 않다는 것이다. 수렵채집인들은 자연에 대해 훨씬 많은 것들을 알고 있었으며 농업인들보다 더 활기차고 다양한 방식으로 삶을 누리고 다양한 먹거리 덕분에 어려운 시절을 잘 견디고, 미네랄과 비타민을 풍부하게 섭취해 농업인들보다 건강한 신체를 가졌다는 것이다. 하라리는 농업혁명 시기 대부분 인간은 보다 혹독한 노동과 인구폭발로 인한 굶주림, 높은 유아사망률, 단조로운 식사로 인한 면역 약화, 새롭게 나타난 지배집단 엘리트의 착취를 겪어야만 했다고 주장한다.

지배자야 어쨌든 화순에는 마치 요즘의 가족묘역처럼 올망졸망한 고인돌 유적지들도 많다. 공동체 구성원들이 권력에 의해 동원된 것이 아니라 품앗이하듯이 묘역을 조성했을 수도 있다는 것이다. 절대다수를 차지하는 피지배자들 입장에서는 어느 쪽이 더 행복했을까? 지배자 입장에서 자원동원에 가장 효율적인 체제를 우리는 전제나 독재로 부른다. 우리는 군부독재 시절의 'command and control' 방식에 너무 길들여져 있는 것은 아닐까?

화순 고인돌공원에는 다양한 형태의 고인돌 유적이 남아있다. 길이 7m, 높이 4m, 무게 200톤이 넘는 세계 최대 규모의 고인돌도 있다. 이것은 '핑매바위'라는 이름으로 불리는데 전면에는 민씨 집안에서 '여흥민씨세장산(驪興閔氏世葬山)'이라고 새겨놓았다. 무덤 위에 민씨 집안 무덤이라고 또 표시해놓은 것도 있다. 고인돌은 흔히 청동기시대 부족장의 무덤으로 알려져 있다. 근데 충북 제천과 강원도 정선의 고인돌에서 발견된 유골에서 유럽계의 DNA가 검출되기도 했다. 그때 한반도에는 벌써 유럽인들이 이주해 살고 있었다는 의미도 된다. 4차산업혁명에 필수적인 하이브리드와 융합은 한반도인들의 체질일지 모른다. (2020년 3월 28일)

혁명은 더 이상 위협적이지 않을 때 비로소 칭송받는다

유배지로서 전라도의 역사는 꽤 길다. 대충 죽어췄으면 좋겠다는 사람은 제주도나 진도 같은 섬이나 아니면 함경북도 같은 거칠고 추운 곳으로 보냈다. 남도는 그 정도는 아니었다. 조선시대 전라북도의 두 명을 포함해 모두 178명이 전남 지역으로 유배를 당했는데 전체 유배자의 1/4 정도였다고 한다. 대표적인 인물로는 고려 말의 정도전, 조선 중종 때의 조광조, 순조 때의 정약용 등이다. 모두 개혁적인 사상가들로 알려져 왔고 영화나 TV 등에서 다루어지기도 했다.

남도에서 그들의 유적들은 조금씩 다른 모습으로 남아 있다. 최고의 스타는 다산 정약용이다.

다산은 1801년 초겨울, 천주교 신자라는 이유로 강진에 유배된다. 18년 귀양살이의 시작이었다. 강진의 주막집 방한 칸에 얹혀서 유배의 첫 4년을 보냈다. 다산은 그곳을 사의재(四宜齋)라고 이름 지었다. '생각과 용모, 언어, 행동 등 네 가지를 올바르게 하는 이가 거처하는 곳'이라는 뜻이었다. 지금 그곳은 테마파크처럼 변해 있다. 강진군에서는 사의재를 중심으로 놀이공간, 한옥체험관, 주막, 쇼핑몰 등을 조성해 놓았다.

조광조가 유배생활을 한 곳은 전남 화순이다. 그는 유배 이후 계속 오해가 풀릴 것으로 믿고 서울 소식을 기다리며 문을 열어놓고 살았다고 한다. 그러나 순진한 기대와는 달리 유배 한 달 만에 사약을 받고 죽는다. 뒷날 율곡조차 그의 죽음에 대해 현실을 무시한 지나친 이상주의와 과격하고 급진적인 수단 탓이었다고 지적했다. 그래도 그는 사림파의 거두로 추앙받으며 유배지에 사당까지 남겼다.

정도전은 앞서 언급한 세 사람 가운데 유일하게 성공한 혁명가이다. 그는 적폐청산과 제도개혁에 성공하고 새로운 국가 시스템을 만들어내었다. 권력투쟁에 실패해 마지막에는 비참한 죽음을 맞았지만 어쨌든 5백 년을 버티는 국가의 그랜드 디자이너 역할을 했다. 옛날 표현을 빌리면 이른바 '경세가(經世家)'이다. 그는 정말 다재다능했다. 그는 조선 건국의 기반을 다졌고 새 왕조를 설계한 유학자이자 정치가로, 민생개혁과 종교개혁, 심지어는 군사개혁까지 이루어낸다. 그는 조선이 개국한 이후 종종 "한 고조가 장자방을 쓴 것이 아니라 장자방이 고조를 쓴 것이다"라고 말했다고 한다. 태종 때 편찬한 실록에 이런 기록이 남았을 정도니까 그를 죽인 태종조차도 정도전의 능력과 역할은 인정했다고 봐야 될 것이다.

고려 말 그의 유배지는 나주 소재동(消災洞) 거벽부락이었다. 당시 기록으로 다섯 가구가 살았다고 하는데 지금은 한

집만 남아 있다. 그는 유배생활을 통해 귀족들의 수탈과 농민들의 어려움을 이해하고 유배지에서 새로운 세상을 꿈꾸었다. 정도전의 유배지는 차가 들어가기 어려워, 걸어서 한참을 가야 한다. 지금 유배지에는 초가 한 칸만 복원되어 겨우 흔적만 남았다.

마을 입구에 있는 도올 김용옥 선생의 글이 그 원인을 이야기하고 있는 것 같다. 2005년 도올은 이런 글을 쓴다.

"조선왕조를 일관한 민본사상이요, 인민의 삶과 정신을 혁신한 종교개혁 등의 영구혁명이다. 그 사상이 동학, 의병, 독립운동, 광주민중항쟁을 거쳐 오늘날 우리 사회의 개혁 정신에까지 이르고 있으니 소재동이야말로 우리 민족의 끊임없는 혁명의 샘물이다."

20세기 현대 음악의 총아였던 불레즈의 말을 빌리면 혁명은 그것이 더 이상 위험하지 않을 때에야 비로소 칭송받을 수 있다고 한다. 드라마 〈정도전〉에서 그의 마지막 대사는 이렇다.

"삼한의 백성들이여, 이제 다시 꿈을 꾸자. 저 드높고 푸른 하늘 아래 민본의 이상을 실현하고 백성 모두가 일어서는 세상을 만들자. 냉소와 절망, 나태와 무기력을 혁파하고 저마다 가슴에 불가능한 꿈을 품어라"

정도전의 꿈은 아직도 충분히 위협적이다.

(2020년 3월 30일)

5부

남도에서

레거시 미디어를

읽다

언론의 자유는 언론 소유자의 자유

빌 코바치와 톰 로젠스틸은『저널리즘의 기본원칙』에서 기자의 최우선적인 임무 네 가지를 언급한다. 그 가운데 첫째는 어떤 정보가 믿을 수 있는지를 검증하는 '진실확인자(Authenticator)'의 역할이고 두 번째는 발생하는 사건에 맥락을 담아 정보(information)를 지식(knowledge)으로 만드는 '의미부여자(Sence Maker)'가 되어야 한다는 것이다. 하지만 한국 현실은 전혀 그렇지 못하다. 요즈음 한국 언론에 보도되는 내용은 일방적 주장(언론 소유자나 언론인의 정파적 프레임에 따르는)이거나 팩트의 부분적 인용이나 탈맥락화를 통한 교묘한 왜곡이 대부분이다.

언론의 역할은 사실이 아니라 진실 검증인데도 한국 언론은 유독 이 부분은 외면한다. 추경예산이 늦어져도 왜 늦어졌는지 이야기하지 않고 미첼 스티븐스의 표현처럼 'He said/She said'라고 보도한다.

『비욘드 뉴스(Beyond News)』의 저자인 미첼 스티븐스는 이 같은 보도행태는 결과적으로 잘못된 정보를 유포하거나 뉴스 메이커의 언론 플레이에 놀아나는 대표적인 보도 관행이라고 비판한다. 대부분의 한국 언론이 선호하는 인터뷰 기사가 대표적이다. 인터뷰 내용에 대한 검증은 하지 않는다. 필요에 따라 인터뷰 대상자를 결정하기 때문이다. 예를 들면 극도의 혐한서적을 출판한 전 주한일본대사를 전문가로 초청해 인터뷰를 한다는 것은 이미 그 사람의 견해에 동조한다는 것을 전제로 한다. 인터뷰 대상자에 대한 검증 없이 그 말을 그대로 인용 보도하는 것은 저널리즘이 아니다.

그래서 미국이나 유럽 언론에서는 한국에서와 같은 인터뷰 기사를 찾아보기 어렵다. 대상자의 주장을 검증 없이 옮겨쓰는 것은 이미 기사가 아니기 때문이다. "~라 지적되고 있습니다. ~로 보입니다."라는 기사에서 인용되는 익명의 전문가나 정보원이 기자 본인인 경우가 한국에서는 너무 많다.

이미 설정해 놓은 프레임에 맞추기 위해 여기에 들어맞는 근거나 통계만 선별적으로 인용해 기사를 작성하기도 한다. 문재인정부를 비판할 때마다 소환되는 것이 일본은 사상 최고의 경제호황을 구가하고 있다는 주장이다. 그런데 2018년 한국의 경제성장률은 2.7%, 일본은 0.7%이다. 언론에는 한국이 2017년 3.1%에서 2.7%로 하락했다고만 보도가 된다. 일본의 경제성장률 0.7%는 엄청난 호황이고 한국의 성장률 2.7%는 단군 이후 최대 불황으로 생각하는 모양이다. 국제적 사정이나 다른 나라 이야기는 없이 오로지 최저임금 인상과 소득주도 성장책이 원흉이라고들 주장한다. 2018년 일본의 국가채무비율은 250%, 한국은 40%도 안 되는데 정부지출을 확대해 경기부양을 하면 재정안전성에 문제가 있다고 난리를 친다. 2019년 올해 일본의 예상 성장률은 0.6%, 한국의 경제 성장률 전망은 지금 시점에서 2.2%이다.

한일갈등으로 더 낮아질 수 있다고 호들갑이지만 한국만 피해를 입는 게 아니라 일본도 마찬가지인데도 그런 부분은 아예 보도하지 않는다. 일본이 한국을 화이트리스트에서 배제한 날 한국 주가는 1% 하락했지만 일본 주가는 평균 2% 내렸다. 일부 언론이 잘 쓰는 표현을 빌리면 같은 날 주가하락으로 '날아가 버린 돈'의 규모가 일본이 한국에 비해 몇 배 더 큰데도 그랬다. 일본의 완전고용이, 단카이 세대가 대규모로 은퇴하지만 취업 인구는 퇴직자에 비해 적은 인구구조적 원인에 기인한다는 분석은 절대로 하지 않는다.

진실의 죽음은 꼭 한국만의 일이 아니다. 퓰리처상을 수상했던 미치코 가쿠타니는 『진실 따위는 중요하지 않다-거짓과 혐오는 어떻게 일상이 되었나』라는 신랄한 제목의 책을 썼다.

1960년대 미국의 A. J. 리블링은 『제2의 기계 시대』에서 "언론의 자유는 언론 소유주의 자유"라고 예언적으로 이야기했었다. 한국도 이제 점점 탈진실(Post Truth)의 시대로 접어들고 있는 것 같다. 진실이 중요한 것이 아니라 누가 우리 편인가가 더 중요한 시대 말이다. 그래서 헤겔은 '모든 진실은 휘어져 있다'라고 이야기한 것이다. 언론기업들 입장에서는 실체적 진실과 관계없이 '보도내용'이 바로 '여론'이 되고 곧바로 '광고'와 '정책'에 반영되어 '경제적 이익'으로 돌아오던 예전이 너무나 그리울 것 같다. (2019년 8월 3일)

오피스텔 세 채가 1억 원에 불과한 혁신도시

지금은 미국 본토에서도 별로 인정받지 못하는 낙수효과 (落水效果, Trickle-down effect) 이론이라는 게 있었다. 1980년 대 미국 레이건 행정부는 경제 활성화를 표방하면서 부자와 대기업의 세금을 대폭 낮춰준다. 부자와 대기업의 소득이 늘어나면 그 소득 증대가 소비와 투자를 촉진하고 경제성장을 가져와 결과적으로 저소득층도 혜택을 입게 된다는 논리였다. 그러나 이후의 경제통계들은 그 이론이 엉터리라는 것을 증명했다. 2015년 IMF 보고서는 상위 20% 계층의 소득 비중이 증가할수록 국내총생산(GDP)은 오히려 감소한다는 사실을 밝힌다.

'Business Friendly'를 선거 구호로 내건 이명박정부의 경우 수출 대기업 위주의 지원 정책으로 2008~2011년 30대 재벌의 자산은 12.65퍼센트 증가했지만 같은 기간 5인 이상 사업체 근로자의 실질임금은 0.5퍼센트 감소해 양극화만 가중시켰다는 통계가 있다. 그래도 아직 한국에서는 낙수효과만을 줄곧 주장하는 경제학자들이 많다. 자신들이 미국에서 경제학 박사학위를 받을 당시의 이론인데다 계급적 이해도 대기업들과 일치하기 때문인지 모른다.

낙수효과는 한 국가의 경제발전단계에서 보면 '불균형성장론'과도 상통하는 부분이 있다. 한 지역을 먼저 개발하고 그 효과가 다른 지역으로 번져나가도록 한다는 것이 불균형성장론의 요점이다. 그래서 전두환, 노태우, 김영삼 시절 내내 지역의 대기업과 공장들은 서울로 서울로 떠났다. 기업 경쟁력 강화가 명분이었다. 그 결과로 서울은 수도권이라는 이름으로 경기, 인천은 물론 천안과 원주 지역으로까지 확대되었고 지역은 소멸 위기를 맞고 있다. 이제 한국사회에서는 지역에 태어난다는 것 자체가 아주 큰 핸디캡인 셈이다.

중앙대 마강래 교수는 『지방도시 살생부』에서 2040년까지 전국의 지방자치단체 중 약 30%가 기능마비 상태에 빠질 위험이 있다고 이야기한다. 이렇게 우려하는 목소리조차 한국사회에서는 일부에 불과하다. 지방분권형 개헌 이야기는 이제 누구도 거들떠보지 않는다. 지역 국회의원들은 강남 3구에 집을 몇 채씩 갖고 있지만 정작 지방의 지역구에는 월세로 이름만 걸어놓는 경우도 적지 않다. 그들은 이미 '지역 출신 서울사람'들이다. 가끔 그들을 만나면 타지 출신 공공기관장인 내가 지역의 문화유산에 대해 설명을 해주는 일도 벌어진다. 네이버 모바일에서는 아예 지역언론들이 사라져 버렸다.

전남 나주는 전국에서 가장 성공한 혁신도시로 평가받는 곳이다. 그래도 오피스텔 세 채 가격이 서울 타워팰리스 한 평값 정도인 1억 원에 불과하다. 4.15 총선과 종부세 영향으로 서울 고급 아파트의 평당 가격이 1억 원에 미치지 못한다고 서울의 경제지는 안타까워하지만 나주지역 대형 모텔 옆에는 버려진 폐가가 있는 곳도 있다. 한때 서울사람들을 먹여살렸던 나주 평야의 논밭들은 이제는 주인을 잃은 채 무덤으로 바뀌어가고 있다. 한국사회에서 이제 지방에 산다는 것은 천형(天刑)이라고 체념을 해야 하는 시기가 된 것일까?

(2019년 6월 9일)

호소카와 농장에서의 단상

1909년 10월 26일 이토 히로부미는 하얼빈에서 안중근 의사에게 사살된다. 70년 뒤 같은 날 박정희도 김재규의 총에 의해 사망한다. 이토 히로부미가 죽자 친일단체 일진회(그전 이름은 묘하게도 유신회, 維新會)를 이끌던 이용구는 대규모 사죄단을 만들었다. 당시 총리대신이었던 이완용은 전국의 각 학교와 상점 등에 휴업령을 내려 이토의 죽음을 추모하도록 하고 황태자(뒷날의 순종)에게 무려 3개월 동안 상복을 입혔다. 이완용은 한발 더 나아가 그해 연말 '한일합병 상소'를 고종에게 올리며 나라를 일본에 넘기라고 압박한다. 안중근 의사가 법정에서 이토의 열다섯 가지 죄상을 지적하면서 당당하게 투쟁하고 있을 때의 일이다. 그때 이용구와 이완용은 누가 더 강도 높은 친일을 하느냐를 놓고 치열한 경쟁을 벌였다.

5.16쿠테타로 집권한 박정희 대통령은 청와대에서 술에 취하면 일본 군복을 입고 군가를 불렀다고 한다. 〈중앙일보〉 1991년 12월 14일 자는 "박정희가 1971년 10월 유신계엄령 선포 한 달 전에 청와대로 불러서 들어갔더니 박정희는 일본

240

군장교 복장을 하고 가죽 장화에 점퍼 차림으로 말채찍을 들고 있었다"라는 강창성 당시 보안사령관의 증언을 보도한다.

1963년 12월 박정희 대통령 취임식에는 일본 자민당 부총재 오노 반보쿠가 참석했는데 그는 일본에서 "박정희와 나는 부자지간 정도로 친한 사이다. 아들의 경축일을 보러 가는 일은 무엇보다도 즐겁다"라고 말하기도 했었다.

일본은 2019년 한국의 모습도 이랬으면 하고 바라고 있는 것 같다. 며칠 전 한 신문은 "납치, 핵, 미사일 문제에 대한 국민 의식, 감정이 일한 간에 차이가 매우 크다"라는 전 주한 일본대사의 인터뷰를 싣는다. 그는 이렇게 이야기한다. 그는 일본 내에서도 극우이자 혐한파로 알려져 있다. 그럼에도 그를 일부러 인터뷰했다는 것은 해당 신문의 생각이 그렇다는 의미이기도 하다.

그의 인터뷰 내용은 이렇다.

"그렇다면 배상 문제는 한국에서 책임지고 해결해야 하나?

"일본의 기본적 생각은 그렇다. 대법원 판결에 대해서는 한국 국내에서 어떻게든 해결해야 한다. 일본도 할 일이 있다. 한국이 그렇게 할 만한 환경을 만들 수 있도록 도와줘야 한다."

이 요구를 충족시키는 경우의 수는 세 가지 정도가 있을 수 있다. 1)대법원이 스스로 판결내용을 뒤집는다. 2)한국 정부가 3권분립원칙을 무시하고 대법원을 압박해 판결을 바꾸도록 한다. 3)조선 말처럼 대통령이 대법원 판결에 대해 사과하고 사죄단을 보낸다. 한국의 일부 언론과 일부 친일파들은 이렇게 하라고 주장하고 있는 것일까?

이번 반도체, 디스플레이 부품 3개 품목에 대한 수출규제는 "규제"이지 "금지"가 아니다. 지금까지 허가받지 않고 수출하던 물건을, 허가받고 수출하라는 거고 이 절차가 최대 3개월 정도 걸린다. 일부 언론은 이 규제로 인해 반도체공장이 당장 문이라도 닫아야 할 것처럼 난리를 친다.

지금 반도체 생산업체들의 재고 물량은 3개월 치 정도이고 지금 주문을 하면 물건은 재고가 떨어질 때쯤 겨우 받을 수 있다. 하지만 "일본의 조선 식민지화는 은총이자 축복"이라고 생각하는 사람들이 정말 많은 것 같다.

전북 익산에는 호소카와(細川) 농장 관리인 주택과 쌀을 실어날랐던 춘포역이 있다. 호소카와 가문은 가토 기요마사(加藤淸正, 임진왜란 당시 일본 선봉장)가 임진왜란 이후 도쿠가와 이에야스에게 처형당하고 난 뒤 메이지유신까지 가토의 영지였던 규슈의 구마모토를 다스렸다.

일본 최초의 비자민당 계열의 총리였던 호소카와 전 총리의 할아버지는 일제시대 조선에 온 지 10년도 안 돼 호남 굴지의 농장을 조성한다. 농장을 소유한 것은 맞지만 조선에 온 적은 없다는 설도 있다. 농장에는 조선인들의 피와 땀도 적잖게 흘렀을 것이다. 『다큐멘터리 일제시대』(이태영)에는 1918년 일제의 토지조사사업 마무리 결과 총독부와 동양척식회사

가 전체 경작지의 4.2%를, 일본인이 7.5%를 차지한 것으로
나온다. 11.7%의 경작지가 당시 조선 내 2% 정도인 일본인
수중에 들어간 것이다. 그 과정이 모두 정당하지도 순탄하지
도 않았을 것이다.

그래도 호소카와 전 총리는 일제의 식민지배를 반성하고
원전반대를 외친 합리적인 인물로 알려져 있다. 일본에서는
나름 진보적인 아사히신문의 사회부 기자 생활도 2년 했었다.
1995년 규슈 지역 취재를 갔을 때 구마모토 시청공무원들에
게 물었다.

"그는 유능한 기자였느냐" "왕자님 대우를 받았다."

굳이 나서서 취재를 하지 않아도 정보가 제공되고 동료 기
자들 누구도 크게 특혜라고 생각하지 않았다는 것이다.

사진은 익산의 호소카와 관리인 주택이다.

(2019년 7월 7일)

243

아, 시골 내려가셔야죠

서울에서 저녁 모임을 하다 차 시간에 쫓겨 일어나면 "아, 시골 내려가셔야죠" 하는 사람들이 요즘도 적잖게 있다. 짧은 문장에서 단어가 두 개씩이나 속을 긁는다. '시골'과 '내려간다'라는 낱말이다.

그래서 다산 정약용 선생은 강진에서 귀양살이하면서도 아들 학연과 학유 형제에게 어떻게든 4대문(요즘으로 치면 서울) 안에서 버티라고, 밖으로 나가 살면 폐족이 된다고 편지에서 당부했나 보다.

요즘은 그런 경향이 더할지도 모른다. 중앙언론들은 아예 대놓고 '지역균형발전' 정책은 '예산 퍼주기'라고 기사를 쓴다. 지역사람이 수도권 공항에 가기 위해 새벽에 길을 나서거나 공항 부근에서 1박을 하는 것은 당연하지만 그런 불편을 해소하는 것은 '중복투자'라고 난리이다. 그들은 시골 사는 '촌놈'들의 불편은 당연한 것으로 생각한다. 옛날 대감들이 종놈 배고픈 것 모르듯이.

나는 문재인 대통령이 지역에 살면서 대통령이 되는 마지막 사례가 될 것 같다고 생각한다. 슬프지만 이제는 수도권이 전체 인구의 절반을 넘어섰다. 대형언론과 대형 종교집단과 유명대학 등 우리 사회의 불평등한 프레임을 당연시하거나 조작하는 거의 대부분 헤게모니 집단들도 서울에 있다. 그들은 특정 지역의 어음부도율이 낮아도 이렇게 신박한 프레임을 선보인다.

"부산 경제의 지표인 어음부도율은 0.2%로 다른 지역에 비해 낮다. 그러나 '더 이상 부도날 기업이 없기 때문에 부도율이 낮다'는 아이러니는 부산을 포함한 우리 경제 전반의 '우울함'을 극명하게 보여주고 있다."

2019년 5월 10일 자 〈조선일보〉 보도이다. 지역별 1인당 개인소득은 2017년 기준으로 서울이 1위, 울산이 2위, 부산은 5위, 꼴찌는 전라남도이다. 1인당 민간소비도 울산이 서울에 이어 2위, 부산이 4위, 경남이 10위이고 충청남도가 최하위이다. 왜 부울경만 꼭 집어 보도를 했을까? 부울경 독자들에게 어떤 메시지를 던지고 싶은 것일까?

오늘 전남 무안에서는 문재인 대통령이 참석한 가운데 '전남 블루 이코노미' 비전 선포식이 있었다. 문 대통령은 전남이 추진하는 에너지신산업, 드론, 미래차, 관광산업, 백신산업 등의 발전을 위해 정부가 최대한 지원하겠다, 전남은 새로운 바람으로 발전하는 대한민국의 미래를 보여주길 바란다고 밝혔다. 문 대통령은 또 광주 송정에서 순천까지의 경전선 전철화를 통해 목포에서 부산까지 운행 시간을 현재 5시간 30분에서 2시간대로 단축해 호남과 영남 사이 더 많은 사람과 물류가 오가고 전남과 부산, 경남이 함께 성장할 수 있도록 하겠다고 밝혔다.

근데 한반도의 평화와 통일을 주변 국가들도 진심으로 바라고 있을까 하는 의문처럼 한국사회 기득권 그룹도 호남과 영남의 교류, 전남과 부산 경남의 상생발전을 과연 바라고 있을까 하는 쓸데없는 생각이 뇌리를 스쳤다. 한일대치국면에서 그들이 일본 편을 든다고 해도 설마 그럴 정도는 아니라고 믿어야 할까?

PS. 오늘 인사말에서 문재인 대통령은 자신이 1978년, 해남 대흥사에서 사법시험공부를 할 때 주민등록지도 전남으로 옮기고 예비군훈련도 이 지역에서 받았다며 법적으로 한때 전남도민이었다고 밝혔다. 그러고 보니 문씨의 관향은 나주 남평이고 남평에는 문씨의 시조가 하늘에서 내려왔다는 전설이 서린 '문암(文巖)'이 있기도 하다. (2019년 7월 12일)

이토 치호(伊藤致昊)의 독립운동 유해론

애국가의 작사가로 알려진 윤치호는 조선의 독립보다 실력을 양성하는 자강(自强)이 먼저라고 생각했다. 그래서 그는 '풀 수 없다면 짖지도 마라'라는 표현까지 할 정도였다. 그는 영문일기에서 조선인들이 독립국가를 유지해 갈 능력이 없다고 보고 '독립운동 무용론', '독립운동 유해론'을 주장한다. 마침내 그는 평소 존경했던 이토 히로부미(伊藤博文)에서 성을 따와 이름마저 윤치호(尹致昊)에서 이토 치호(伊藤致昊)로 바꾼다.

이러한 판단의 근거는 크게 두 가지였다. 하나는 일본과 조선의 격차가 너무 벌어져 있다는 것이고 다른 하나는 힘센 쪽에 붙는 게 자신에게 이익이 된다는 것이었다. 그는 조선 말의 최고 엘리트였고 지식인이었다. 그럼에도 개인의 이익만을 염두에 두고 판단할 경우의 치명적 위험을 전형적으로 보여주었다. 일제 의회 의원이 되는 등 식민지 조선인으로서는 더 이상 오를 곳이 없을 정도로 출세한 그는 해방 이후에도 친일파로 처벌받지 않고 자신의 집에서 편안히 눈을 감았다.

오늘 아침 한 매체는 '한일 갈등 왜 풀기 어렵나…日, "韓경제 너무 커졌다"라고 일본 경제지를 인용해 보도했다. 일본의 속마음이 어디에 있는가를 보여주며, 최근의 한일갈등은 과거를 핑계로 한 미래 선점 전쟁이라는 것을 일본 언론이 밝힌 것이다.

또 다른 한국 신문은 평소 논조와 달리 "한국 산업 급성장 무서웠나… 수출로 먹고사는 일본의 자충수"라고 보도하고 있다.

한국 언론들이 문재인정부가 일본에 무릎 꿇고라도 타협하라던 때가 언제였는데 그새 분위기가 바뀐 것일까. 오늘날에도 우리 주변에는 윤치호 같은 주장을 하는 지식인들이 적잖게 있다. 시간이 얼마가 걸릴지라도 우리의 실력을 키우는 것이 먼저라는 것이다. 원론적으로는 그럴듯하게 들린다. 그런데 그 논리가 타당하기 위해서는 지금 격차가 윤치호 당시만큼 커서 추격이 정말 불가능한 것인가, 지금 미래를 양보할 경우 앞으로는 기회가 있을 것인가가 함께 논의되어야 한다. 자강론을 펴면서 그런 이야기를 함께 하는 사람은 없다.

에리히 프롬은 이렇게 이야기한다.

"만일 어떤 여인이 자신은 꽃을 사랑한다고 하면서 물을 주지 않는다면 나는 그녀의 꽃에 대한 사랑을 의심한다. 사랑은 자신이 사랑하고 있는 것의 생명이나 성장에 대한 사려를 행동으로 나타내는 것이다."

2014년 한 신문은 '통일 대박' 기사를 시리즈로 보도한다.

대충 제목만 봐도 환상적이다. '북 관광시설 4조 투자하면 연 40조 번다', '통일되면 북과 중 동북 3성이 경제·평화 허브 될 것', '남북통합 땐 대륙과 연결된 6,000조 자원 강국', '통일 땐 5,000km 세계 최대 산업벨트 탄생할 듯', '2030년 통일 한국 G7 진입' 등등이다. 당시 돌았던 소문 가운데 하나는 충북 충주댐과 관련한 것으로, 충북 충주댐 일대에는 "월악산 영봉(靈峰) 계곡에 달이 뜨면 30년쯤 후에 여자 임금이 나타난다. 여자 임금이 나오고 3~4년 있다가 통일이 된다"라는 탄허 스님의 예언이 퍼져 있었다고 한다. 월악산 계곡에 달이 뜬다는 황당한 이야기는 1983년 충주댐이 완공되면서 현실이 되었다. 그로부터 30년쯤 뒤 예언대로 실제 여성 대통령도 등장했다. 박근혜 전 대통령이 '통일 대박' 이야기를 하면서 개성공단 철수 등 대북 강경책을 전략적 고려 없이 밀어붙이고 일부 언론이 통일의 경제적 효과를 대대적으로 보도하면서 바람몰이를 했던 것은 이 예언을 철석같이 믿었기 때문이라는 말도 있다. 지금 한일갈등 문제를 제3자적으로 보면서 남의 이야기 하듯 하는 사람들 가운데 '통일 대박'을 이야기하며 한자리하던 이들이 꽤 많아 보이는 것은 나만의 생각일까.

아, 그때 '통일 대박' 이야기를 했던 언론과 이른바 전문가들 상당수는 어느 때보다 한반도에서의 전쟁가능성이 낮아진 지금 '통일 쪽박'론으로 논리를 180도 바꾸었다. 바꾼 이유? 그런 건 물론 이야기하지 않는다. (2019년 8월 4일)

한반도 분단은
일본 '항복전술'의 산물

현재 한국이 겪고 있는 문제들의 근원은 분단에 기인하는 부분이 크다. 친일파 청산 문제도 그렇고 남북한 간의 소모적인 체제경쟁도 마찬가지이다. 박정희정권 시대에는 독재정권의 유지 이유조차 분단이었다.

2019년 11월 30일 자 〈시사저널〉은 분단과 한국전 상황을 일본이 조성했다고 보도한다. 〈시사저널〉은 한반도 분단이 일본의 치밀한 '항복 전술'의 산물이었다는 사실을 한 일본학자의 논문을 인용해 보도한다. 논문에 따르면 일본 군국주의자들이 청일전쟁(1894~1895)과 러일전쟁(1904~1905) 전야에 툭하면 들먹거렸던 '38선 분할안'을 구체적인 고려 대상으로 검토하기 시작한 때는, 태평양전쟁의 패전이 거의 확실했던 1945년 초라고 한다.

일본은 전쟁에서 질 때 지더라도, 동북아에서 그들이 누렸던 기득권을 송두리째 미국에 넘겨줘 미국이 지배적인 헤게모니를 행사하는 일이 발생해서는 안 되며, 바로 그렇기 때문에 미국을 저지할 수 있는 유일한 세력인 소련과 손잡아야 하며 이를 통해 한반도 분할을 상정했다는 것이다. 일본은 태평양전쟁으로 한반도를 병참기지화하고 강제징용과 성노예라는 비극적 상황을 만들었지만 6.25전쟁을 계기로 달러 벼락을 맞았다.

자동차를 만들던 도요타자동차도, 전파탐지기를 만들던 소니도 제품을 만들기만 하면 팔려나갔다.

6.25전쟁 동안 일본에서 공급된 물자와 용역은 당시 금액으로 11억 3천6백만 달러, 일본이 자랑해온 전후 경제부흥이 사실은 한국민들의 핏값이었다.

일본이 1965년 한국에 독립축하금으로 보낸 돈은 무상 3억 달러, 차관 2억 달러였다. 고작 3년간 지배했던 필리핀에 준 돈 5억 5천만 달러보다도 적다. 반면 한국전쟁 기간 일본이 벌어 간 돈은 무려 11억 달러를 넘는다. 한국전쟁은 일본 입장에서 하늘이 준 선물, 이른바 가미가제(神風)였다.

지금도 일본은 한반도에 전쟁이 나면 한국 내의 일본인을 보호한다는 명목으로 한국의 요청 없이도 자위대를 파견할 수 있다고 공공연하게 이야기하고 있다. 1894년 동학혁명 때에도 일본은 조선의 파병요청 없이 한국으로 군대를 보냈다. 이때 경복궁을 점령하고 고종을 사로잡은 오시마 요시마사(大島義昌) 소장이 바로 아베 총리의 외고조부이다. 일본은 이후 친일내각을 수립해 청과의 전투에서 조선이 일본군을 돕도록 강요했다.

세계적 투자자인 지미 로저스는 "일본은 정점을 찍은 뒤 쇠

퇴 중인 데 반해 한반도는 평화가 정착되면 북한의 자원·노동력과 남한의 자본·제조업이 결합해 경제부흥을 이끌 것"이라고 전망한다. 임진왜란 이후 4백여 년 만에 한국과 일본의 국력이 역전될 수도 있다는 것이다. 그런 상황인데도 어떤 정치인은 '총선 전 북미정상회담 개최 자제'를 미국에 요구하고 문제가 되자 그게 무슨 잘못이냐고 반박한다.

대부분 언론들은 그 말을 그대로 인용 보도했다. 그 말에 대한 수긍이자 그 정치인에 대한 간접적인 응원일 수도 있는데도 그렇게 보도했다. 비트겐슈타인은 한 사람의 언어 습관은 그 사람의 세계관을 보여준다고도 했었는데 한국 언론은 우리 편 언어에 대해서는 품격을 따지지 않는다.

1주일쯤 전 광화문을 지나다 태극기 판매상을 보았다. 태극기와 미국 국기인 성조기, 이스라엘 국기를 함께 팔고 있었다. 이스라엘의 유대민족은 예수를 인정하지 않고 십자가에 못을 박아 처형했던 사람들이다. 종교적으로는 서로 원수라고 해도 과언이 아니다. 그럼에도 태극기집회에 참가한 대형 교회 신자들이 이스라엘 국기를 들고 흔든다는 것은 참으로 기이한 일이다. 미국과 가장 가까운 나라가 이스라엘이니까 한국도 그렇게 가까워지고 싶다는 부러움이 아닐까 하는 분석도 있긴 있다.

아베 총리가 트럼프 대통령의 골프카를 운전하고 미국 농산품 사주는 것을 그렇게나 찬양하고 부러워하는 최근 흐름을 보면 이스라엘기에 이어 집회에 일장기도 이제 곧 등장할 것 같다는 불길한 예감도 든다. (2019년 12월 1일)

누가 이익을 보지(Qui Bono)?

살인사건이 나면 애거사 크리스티의 명탐정 에르퀼 푸아로나 미스 마플은 늘 이렇게 묻는다.

"누가 이익을 보지?"

애거사 크리스티 소설에서 말하는 이익은 물론 경제적 이익만은 아니다. 그러나 천민자본주의 체제인 한국사회는 누구에게 경제적 이익이 되는지를 확인하면 거의 모든 것이 분석된다. 여론형성도, 정책결정도, 법조 권력의 행사도, 종교집회도 그렇다. 때로는 맛이 간 것처럼 보이는 관심종자들의 발언도 마찬가지이다.

해마다 이맘때가 되면 나오는 언론보도에 '종부세 폭탄'이 있다. 1년 사이 아파트 가격은 2~4억 원씩 뛰었고, 보유세는 고작 100~140만 원 더 내는 수준인데도 그렇다. 작년 대비 세금이 두 배가 늘었다는 게 근거다. 언론은 늘어난 비율만 말하지 아파트 가격 상승으로 인한 이익은 절대 언급하지 않는다. 보유세가 선진국대비 1/5 수준에 불과하다는 이야기는 언론에서 절대 보도되어서는 안 되는 1급 비밀(Top Secret)이다. 종부세 내는 가구는 한국 전체에서 겨우 2% 수준이다. 언론은 이 2%에 해당되는 최상위층의 이익만 대변한다. '지방 부동산 침체가 한국경제의 뇌관'이라고 보도한 뒤 해당지역에 규제해제가 이루어지면 '총선전략'이라고 비난한다.

국민연금의 전주 이전으로 자산운용 전문가들이 없어 어려움을 겪는다는 보도는 하지만, 2019년 3/4분기까지 국민연금의 기금운용수익률이 8.92%이고 지난해 동기 대비 57조 4천억 원을 벌었다는 사실은 기사로 쓰지 않는다. 1%대의 은행 금리와 비교해보면 낮은 수익률이 아닌데도 그렇다.

10월 고용률이 61.7%로 외환위기 이후 21년 만에 최고치를 기록했지만 구직활동을 포기하는 40대가 늘어 속으로 곪아가는 고용시장이라고 비난한다. 통계에서 청년 취업이나 노령층 문제를 지적하기 어렵자 다른 꼬투리를 찾은 것이다. 아베의 경제정책은 칭찬하고 한국 경제정책은 실패라고 거품을 물지만 2019년 일본의 경제성장률 예상은 고작 0.6%, 한국은 그래도 2%라는 이야기는 기사에 없다. 일본의 고용호황이 연간 2백만 명 정도가 퇴직하는 데 비해 인구감소로 신규 취업희망자는 1백만 명밖에 되지 않기 때문이라는 사실은 아예 무시해버린다.

일본의 수출규제나 지소미아 사태 관련 보도를 보면 이들의 이익은 어디에 근거하고 있는가를 알 수 있다. 당시 '반일은 반미다'라는 제목의 황당한 칼럼도 있었다. 〈문화일보〉 9월 10일 자 칼럼이었는데, '극일(克日)을 앞세운 일본 상품 불매운동은 어리석은 짓이고, 인간 세상의 돌아가는 이치도 잘 모르면서 세상을 바꾸겠다고 설쳐대는 지도자가 우리를 가장 곤욕스럽게 만들고 있다'고 쓰여 있다. 지소미아 종료의 일시적 연기 이후 대부분의 한국 언론은 일본의 보도를 인용해 일본의 완승이라며 정부를 비난했다. 한국정부가 반박에 나서고 실체적 진실이 밝혀지자 이제는 '지는 게 이기는 것', '이겨도 이긴 체 않는 게 외교라 했거늘' 하면서 한국정부가 사실을 공개한 것을 비판하는 쪽으로 방향을 바꿨다.

이렇듯 국내에서는 경제정책은 실패했고 사상 최악의 정부라고 비난하는데도 세계 경제포럼이 평가하는 한국의 국가경쟁력은 2017년 17위에서 2019년에는 13위, 2020년 9위로 계속 올라가고 있다. 반면 한국의 부패인식지수는 OECD 국가 중 최저 수준이다.

세계적인 부패 연구자인 마이클 존스턴 교수는 부패의 유형은 독재형, 족벌형, 엘리트 카르텔형, 시장 로비형 이렇게 네 가지 유형이 있는데 한국의 부패 유형은 엘리트 카르텔 유형이라고 진단한다. 같은 학교, 같은 동네 출신의 엘리트들이 모여 그들만의 리그를 구축한다는 것이다.

내가 직접 들은 S대 출신 누군가의 이야기이다. 그는 검사 친구가 눈에 빤히 보이는 거짓말을 한다는 말을 듣자 이렇게 반박했다.

"거짓말 아니다.", "그걸 어떻게 믿느냐?", "내 친구니까."

S대 출신 고위공직자의 뇌물 건에 대해서도 그는 명쾌했다.

"그럴 리가 없다. S대 출신은 뇌물을 받지 않는다."

매튜 스튜어트의 『부당 세습: 불평등에 공모한 나를 고발한다』나 리처드 리브스의 『20 VS 80의 사회』도 비슷한 이야기를 한다. '언론, 관료, 법조계, 학계' 등 여러 분야의 전문직 종사자들이 합법화된 불평등 구조의 주범이라는 것이다.

그들 엘리트 카르텔들은 전관예우니 무슨 무슨 마피아니 하는 형태로 불리면서 부당한 이익을 챙겨 간다. 물론 그들 입장에서는 정상적이고 상식적인 수준이지만.

미국이 21세기 인재의 조건으로 요구하는 능력인 4C에는 비판적 사고력(Critical Thinking)이 들어 있다. 나머지는 창의성, 협업, 소통능력 등이다. 한국인은 기사나 칼럼을 읽을 때마다 '왜'라고 생각을 해야만 하는, 비판적 사고력을 배양하기에는 최적의 환경에 살고 있는 것일까? (2019년 12월 2일)

데이터 회사가 받은
'올해의 광고상'

2019년 7월 26일 MBC 노조게시판에는 이런 내용의 자조적인 글이 올라온다.

"7월 25일 하루 MBC 광고 매출이 1억 4천만 원이다. 임직원 1천7백 명의 지상파 방송사가 여섯 살 이보람 양의 유튜브 방송과 광고 매출이 비슷해졌으니, MBC에는 경영 위기가 아니라 생존 위기가 닥쳤다."

보람튜브는 여섯 살짜리 이보람의 일상생활을 영상으로 만들어 보여주는 유뷰트이다. 셀럽이 나오는 것도 아니고 제작비가 많이 투입된 콘텐츠도 아니다. 여섯 살 아이가 몰래 침대를 빠져나와 짜장라면을 끓이고 맛있게 먹는 게 전부다. 5분 21초짜리 이 영상의 조회 수는 무려 3억 4천만 건이다.

2019년 12월 12일 '온라인 광고인의 밤'은 이런 현상이 일회적이거나 일시적인 것이 아니라는 것을 보여준다. 여태까지 광고상은 크리에이티브가 있는 광고에 주로 주어졌다. 시대상황에 따라서 감동이나 유머 코드가 많이 등장하기도 했었다.

근데 이번 행사에서는 광고제작사나 기획사가 아닌 빅데이터 솔루션기업이 대상을 받았다. 아이지에이웍스라는 곳인데 하루 평균 15억 건의 데이터를 분석해 기업의 모바일 앱 비즈니스에 필요한 자료를 제공하는 회사이다. 클라이언트는 정확도가 떨어지는 기존의 샘플조사나 패널조사 방식의 한계를 극복해 시장의 흐름을 정확히 읽고 데이터기반 마케팅을 할 수 있도록 지원해준다. 종전보다 훨씬 세분화된 고객을 대상으로 한 마케팅을 할 수 있도록 해주고 기업이 미처 몰랐던 새로운 타깃도 찾아준다는 뜻이다. 당연히 광고 효과가 종전 방식보다 크고 매출도 늘어난다.

온라인 광고는 현재 한국 전체 광고시장 가운데 절반 이상을 차지하고 있는데 앞으로도 고속성장이 예상된다. 한국방송광고진흥공사에 따르면 2020년 예상 매출은 7조 4천억 원에 이른다. 반면 2002~2003년 4조 원이 넘었던 지상파 방송시장의 광고 매출은 2020년 현재, 1조 2천억 원 수준이다.

광고 매출로만 보면 TV와 라디오의 종언은 벌써 시작됐다고 해도 과언이 아니다. 다시 좋았던 시절, 'Old Good Times'로 돌아갈 수 있을까? 생명체의 진화와 기술의 발전에는 공통점이 있다. 다시 예전으로 돌아갈 수 없다는.

온라인 광고와 지상파 광고의 차이는 급변하는 ICT 기술을 적극적으로 활용했는가 또는 활용가능한가의 여부에 원인이 있다. 온라인 광고는 AR, VR은 물론 다양한 퍼포먼스, 세분화된 타기팅 그리고 실제로 얼마나 보았는지나 구독하고 있는지 하는, 이른바 광고 도달률의 즉각적인 측정도 가능하다.

광고를 보면서 바로 상품을 구매할 수도 있다. 지상파나 신문에서는 활용하기 쉽지 않은 기법들이다.

4차산업혁명이 유튜브 같은 온라인에서 새로운 미디어를 만들고 거기에 맞는 광고를 요구하고 있는 것이다. 물론 한국의 일부 언론들은 아직은 괜찮다. 그들은 광고 효과를 증명할 필요가 없다. 대신 주먹을 휘두르면서 기업 등에 보험용 광고를 강요하는 공포마케팅을 하면 된다. 그래서 한국은 엘리트 카르텔형 부패국가로 분류되기도 한다. (2019년 12월 15일)

제비가 오면 봄도 멀지 않았다

제비 한 마리가 왔다고 봄이 온 것은 아니다. 그렇지만 제비가 보이면 머지않아 계절이나 세상이 바뀐다는 것을 우리는 알고 있다. 요즘 들어 제비들이 자주 눈에 띈다.

송건호언론상을 언론인이 아닌 현직 검사가 받았다. 송건호 선생은 1975년 동아일보와 조선일보에서 언론자유를 요구하던 기자들이 무더기 해직될 때 분연히 편집국장직을 던졌던 이로, 한겨레신문 초대 사장을 역임했다. 그의 이름은 한국에서는 언론민주화의 대명사로 통한다. 그래서 송건호언론상은 신문, 방송, 통신 등 각 분야에서 언론 본연의 역할을 충실히 했거나 언론민주화에 기여한 개인이나 단체에 주는 상이다.

지난 해에는 1985년 국가안전기획부와 문화공보부가 기사의 내용과 방향을 일일이 지시했다는 증거인 이른바 '보도지침'을 폭로한 김주언 전 기자협회장이 받았고, 5.18 광주 민주화운동 현장을 영상에 담아 외국에 알린 위르겐 힌츠페터도 오래전에 이 상을 받았다. '보도지침' 폭로는 영화 〈1987〉에, 위르겐 힌츠페터의 활약은 〈택시운전사〉에 나온다.

기존 언론과 언론인들 대신 현직 검사가 언론상을 받을 정도라면 2019년 기존 언론들은 도대체 무엇을 했느냐 하는 이야기가 당연히 나와야 한다. 그 질문에 송건호언론상 심사위원회는 이렇게 대답한다. "검사가 드물게 내부 의견 개시, 언론 인터뷰, 신문 기고, 소셜네트워크서비스 등을 통해 사회적 발언을 이어가는 모습에 주목했다", "제도권 언론이 숨죽이던 시절 저항언론 운동을 이끌었던 송건호 선생의 언론정신에 부합한다".

임은정 검사는 수상 소감에서 "검찰 밖 언론과 함께 검찰 구성원들의 의식과 양심을 일깨우려는 내부의 움직임에 힘을 실어 검찰을 바로 세움으로써 언론은 물론 우리 사회에 현존하는 위험을 제거하려 함이 아닐까… 조심스레 짐작해 봅니다"라고 이야기했다.

광고대상을 광고기획사나 제작사가 아닌 데이터 솔루션 기업이 수상한 것은 또 다른 제비 한 마리가 나타난 것과 같은 것이다. 온라인 광고제에서 대상을 받은 아이지에이웍스는 데이터를 분석해 기업의 비즈니스에 필요한 자료를 제공하는 회사다. 이런 기업의 광고상 수상은 광고의 타기팅이 'Mass'에서 'Segment'로, 다시 특정 개인으로 바뀌고 있는 예이다. 그래서 페이스북이나 아마존이 돈을 벌고 있는 것이기도 하다.

1인 미디어는 또 다른 제비들이다. 최근에는 가장 신뢰

하는 언론매체 2위에 전통적인 뉴스 매체가 아닌 유튜브 (12.4%)가 선정되었을 정도이다. 유튜브의 신뢰도는 1위인 JTBC(15.2%)와 불과 2.8% 차이였으며, KBS(9.6%)나 네이버 (7.8%), 조선일보(5.4%)와는 제법 큰 격차가 났다

외국 기관들은 최근 들어 한국의 언론 자유지수가, 민주화 지수가, 국가경쟁력이 박근혜정부에 비해 크게 상승하고 있다고 평가한다. 박근혜정부 시절 세계 70위까지 떨어졌던 언론 자유지수는 지난해 아시아에서 가장 높은 41위까지 상승했다. 2014~2017년의 4년 동안 26위였던 세계경제포럼의 국가경쟁력 순위도 문재인정부 들어 첫 해인 2017년에 17위에서 2018년은 15위, 2019년은 13위로 계속 오르고 있다. 그럼에도 한국의 언론들은 여전히 '좌파독재'라는 일부 집단의 증오와 욕설을 그대로 전달하고 '경제파탄'이라는 프레임을 되풀이한다. 그래서 한국 언론에 대한 신뢰가 주요 38개국 가운데 가장 낮은지도 모른다. 1인 미디어 플랫폼인 유튜브와 네이버의 약진도 기존의 레거시 미디어에 대한 불신 탓이 크다.

사실을 확인하고 맥락을 고려하고 비교를 통해 분석하고, 모르는 것은 모른다고 말하는 것을 '이성'이라 하고 이러한 이성의 시대를 '근대'라고 칭한다. 그럼에도 한국 언론시장에는 기득권 엘리트들의 이익 보존을 위해 아직도 가짜뉴스와 거짓 믿음, 증오와 편견이 판치고 있다. 어둠이 가장 짙은 날인 동지를 맞아 나주 목사골 전통시장에서 팥죽 한 그릇을 하

며 문득 한 생각들이다. 꽁꽁 얼어붙은 강 아래로 졸졸거리며 물이 흐르듯 어디쯤엔가 봄은 오고 있을 것이다. 제비들의 날 갯짓이 그래도 희망이다. (2019년 12월 22일)

진실이 바지를 챙겨 입기도 전에
거짓말은 지구를 반 바퀴 돈다

사람의 뇌의 무게는 몸무게의 1/50인 2% 정도에 불과하지만 산소의 20%를 혼자 쓰는 에너지 과소비기관이다. 에너지 절약을 위해 뇌도 나름 잔머리를 굴린다. 아니 잔머리를 굴리는 쪽으로 진화를 해왔다. 어떤 사안을 새롭게 또는 비판적으로 따져가며 인식하기보다는 과거의 경험이나 편견 혹은 전문가라고 주장하는 사람들의 권위에 의존해 버린다. 그런 이유 때문에 사람은 원래 진실과 거짓을 구별하는 능력이 별로라는 평가를 받고 있는 것이다.

처칠은 다음과 같이 말했다. "진실이 바지를 챙겨 입기도 전에 거짓말은 지구를 반 바퀴 돈다."

거짓말이나 선동은 간단하지만 이를 해명하는 데는 많은 증빙과 시간이 필요하다는 의미다.

가짜 뉴스나 음모론 또는 이른바 프레임이 먹히는 이유로, 한국에서 주기적으로 되풀이되는 대표적인 악질 프레임은 '종부세 폭탄'이다. 종부세 대상은 전국 아파트의 2% 수준이다. 공시가격이 11억 원 정도이고 시세로는 16억 2천만 원인 아파트 종부세는 연간 44만 2천 원 정도이다. 한 달에 3만 7

천 원꼴인 셈이다. 그걸 세금폭탄이라고 난리 쳐서 종부세 걱정이 없는 사람들에게도 영향을 미친다.

코로나19와 관련해서 중국인 입국금지 조치를 했어야 하느냐를 둘러싸고 정쟁이 벌어졌었다. 한국은 언론의 보도에 따르는 공포와 불안이 혐오로 이어지면서 발생한 몇 가지 비극적 사건을 이미 충분히 겪은 바 있다. 1923년 관동대지진 때 "조선인이 방화를 했다", "조선인이 우물에 독을 풀어 넣었다"라는 내용의 유언비어가 퍼졌다. 공포와 불안에 휩싸인 일본인들은 조선인을 증오하면서 조선인 사냥에 나섰다. 그때 대략 6천 명에서 6천6백 명 정도의 조선인들이 살해당한 것으로 추정된다.

그로부터 8년 뒤에는 조선인들이 화교 상점을 파괴하고 학살하는 일이 일어난다. 만주 만보산에서 '중국 관민 800여 명과 200 동포(조선인) 충돌 부상'이라고 보도한 〈조선일보〉 기사가 원인이었다. 나중에 이 기사는 일본 정보당국이 조선인 기자를 매수해 쓴 '가짜뉴스'로 밝혀진다.

만보산 사건 허위기사로 조선 내에서 숨진 화교는 91명, 중상자도 102명에 이른다. 이는 중국인과 조선족을 이간시켜 중국 민족운동 세력과 조선인 민족운동 세력이 만주에서 손을 잡고 반일공동전선에 나서지 못하게 하려는 일본의 치밀한 음모였다. 사태가 커지자 해당 기자는 만보산 기사는 거짓이라며 정정 보도와 사과문을 발표하지만 바로 그 다음 날 의

문의 살해를 당한다.

　남북한 분단의 결정적 계기도 언론의 오보와 과장에서 비롯되었다. 1945년 12월 27일 〈동아일보〉는 '소련은 신탁통치 주장, 미국은 즉시 독립 주장, 소련의 구실은 38선 분할 점령'이라는 기사를 내보낸다. 강준만은 『한국 언론사』에서 이 기사는 미·소 양측의 주장을 정반대로 보도했으며 심지어 보도 시점도 미군정당국이 모스크바 삼상회의 결정서를 입수하기 이틀 전이었다고 지적한다.

　한반도를 통치하고 있던 미군정당국도 모르는 특급정보를 동아일보는 어떻게 미리 알 수 있었을까? 이 보도로 한반도에는 극도로 혼란한 정치상황이 조성되고 테러 등 폭력사태가 잇따라 일어난다.

　지난해 10월 '글로벌 보건지수'라는 것이 처음으로 발표되었다. 한국은 세계 9위로 프랑스 11위, 독일 14위, 일본 21위보다 앞섰다. 충격적인 것은 의료보건 인력 수준과 역량은 세계 최고인데 정치 리스크 항목에서는 우루과이(25위)보다 낮은 27위라는 점이다. 한국의 전염병 리스크는 의료 수준이 아니라 정치에 기인한다는 것이다. 2020년 2월 15일 자 〈동아일보〉에 기고한 김상협 KAIST 지속발전센터장의 이야기다.

　비슷한 시기 서울대 김병연 교수는 한 칼럼에서 한국의 신뢰 수준이 현재의 26%에서 미국 수준인 35%로 높아진다면 경제성장률이 0.7%쯤 상승하고 50조 원 정도의 경제효과가 있을 것으로 추정했다.

오늘 아침 신문들의 칼럼 제목이다. 더 이상 노골적이기 어려울 정도로 의도를 드러낸다.

"중국이 그리 좋으면 나라를 통째 바치시든가", "대통령이 키운 코로나 참사", "중국인 입국금지 귀막은 靑, 대체 왜?"

WHO의 권고도 그렇고 중국인 입국 금지가 실효가 없으며 감염원은 신천지 교인이라고 확인되고 있는 데도 그렇다. 이들은 무엇을 노리고 있는 것일까? (2020년 2월 27일)

포퓰리즘–보통 사람의 요구와 바람을 대변하려는 정치사상과 활동

'평판'의 사전적 의미는 '세상 사람들의 비평'이다. '평판'의 유형 가운데 하나가 인물평이다. 가장 유명한 인물평은 아마도 위촉오 삼국시대 조조(曹操)에 대한 것일 것이다. 그는 '치세의 능신, 난세의 간웅'이라는 평을 듣는다. 평화로운 세상이라면 유능한 재상이 되겠지만 난세라면 간사하고 지모 있는 영웅이 될 것이라는 뜻이다. 한국에서도 인사 시즌이 되면 각종 인물평이 돌아다닌다.

누구는 무골호인, 마당발, 두주불사, 디테일에 강함 등등으로 표현된다. 순서대로 속뜻을 이야기하면 대체로 무능함, 좋은 대학을 나와 최고경영자과정을 이수했지만 업무 능력 없음, 거의 알코올 중독으로 사고 위험 있음, 권한 위임 못하는 꼰대 등으로 해석된다.

그런데 세상 사람의 평판은 어떻게 만들어지는 것일까? '평판'을 만드는 사람과 평판의 대상인 사람은 누가 더 힘이 있을까? 여러 사례를 보면 쉽게 답이 나온다.

영화평론가나 문학평론가는 대체로 대학교수다. 영화감독이나 소설가는 그렇지 않다. 근데 다시 한 번 들여다보면 이상한 것이 있다. 영화가 있고 문학작품이 있어야 평론가라는 직업도 존재할 수 있다. 영화가 없으면 영화평론 자체를 할 수 없는 것이다. 그럼에도 한국에서는 평론가가 '갑'이다. 시인이나 소설가는 대체로 백수지만 시나 소설 평론가는 대체로 대학교수다. 한국사회에서 '평판'을 만드는 평론은 권력이다. 인터넷이 본격화되기 이전에는 평론이나 평가 권력의 많은 부분을 신문이 담당했었다. 신문은 매일 나오지만 본격적인 평론가들의 평론을 독자들이 읽기에는 시간도 걸리고 분량도 만만치 않기 때문이었다. 특히 영화나 연극, 음악 공연처럼 입소문에 의존하기에는 시간이 걸리는 분야에서는 신문이 절대 권력이었다. 신문에서 그 영화 엉망이야, 하면 당장 주말 관객 동원에 문제가 생겼다. 그러나 인터넷시대가 되면서 평판의 형성이나 유통구조는 완전히 달라졌다. 여러 사람들의 참여를 통해 여론이 만들어지고 사람들에 대한 평판이 형성되고 인터넷을 통해 빠른 속도로 확대되었다.

평판은 일시적이 게 아니라 계기가 있을 때마다 지속적으로 소환된다. 최근 한진 경영권 분쟁을 둘러싸고 조현아가 여론 공방에서 몰리는 것은 이른바 '땅콩회항'의 이미지가 너무 컸기 때문이다. 내부적으로는 둘 다 똑같은 수준일지는 모르지만 적어도 사람들의 평판은 그렇다.

근데 평가를 통해 '평판'을 만들면서 이익을 챙겨왔던 세력이나 집단이 인터넷과 1인 미디어 때문에 그 위상이 저하되면 어떻게 될까? 어리석고 우매한 중생을 비난하고 자신들의 전문성을 강조하려고 하지 않을까? 영국 케임브리지 사전은 포퓰리즘을 이렇게 정의한다.

'보통 사람의 요구와 바람을 대변하려는 정치사상과 활동'

부정적인 뉘앙스는 전혀 없다. 다음과 같은 한국의 포퓰리즘 정의와는 완전 딴판이다.

'인기를 좇아 대중을 동원하여 권력을 유지하려는 정치적 태도나 경향'

이것은 완전히 부정적인 뉘앙스이다. 부정적으로 포퓰리즘을 바라볼 때의 전제는 무지몽매한 대중이 눈앞의 이익에 급급하기 때문에 엘리트계층이 이에 흔들리지 않고 정치를 담당해야 한다는 것이다. 근데 엘리트들이 늘 고상하고 정의로우며 사적 이익에 탐닉하지 않는다는 근거는 대체 어디에 있을까?

전남 구례 운조루(雲鳥樓)는, 집터로는 안동 하회마을의 풍산 류씨 종가와 함께 한국 3대 명당으로 꼽히는 곳이다. 이른바 금가락지가 땅에 떨어졌다는 금환낙지(金環落地)형으로 통한다. 이 집은 1776년에 지어져 지금도 73간의 규모를 유지하고 있다. 이곳에는 쌀 두 가마니 반이 들어가는 커다란 나무독이 있는데, 이 독에는 타인능해(他人能解)라는 글귀가 쓰여 있다. 마을의 가난한 사람이 끼니를 잇기가 어려우면 집주인 눈치보지 않고 마개를 빼서 쌀을 가져갈 수 있도록 한 것

이다. 가뭄에 죽 한 그릇으로 논 한 배미를 사거나 딸을 팔았
다는 이야기들이 전해지는 시대에 이런 베풂은 정말 대단한
것이었다. 그래서 6대 만석을 유지한 경주 최부잣집에도 '흉
년에 땅 사지 마라, 사방 100리 안에 굶어 죽는 사람들이 없
도록 하라'라는 가훈이 있는 것이다.

운조루가 조선 후기의 민란, 동학, 여순사건, 6.25전쟁 등
역사의 고비를 별 탈 없이 헤쳐온 것은 명당자리 때문이 아니
라 보통사람들의 '평판' 덕분이었다. 운조루에서 41대 종손과
함께 차를 나누며 바라본 정원은 벌써 산수유가 한창이다.

(2020년 3월 8일)

일단 때리고 보는 '코로나19' 보도

일본어는 한국과 같은 한자문화권이다. 그런데 한국식 한자의 어감과는 아주 다른 단어들도 꽤 많이 있다. 영어 'kindness'의 일본식 한자 친절(親切)은 '부모 혹은 친족을 벤다'라는 뜻이다.

칼로 몸통을 찌른다는 뜻으로 해석되는 '자신[刺身]'은 그냥 '생선회(사시미)'이다. '대장부(大丈夫)'는 맹자가 말한 의기롭고 뜻이 높은 인간이 아니라, 사소한 잘못을 용서한다는 뜻의 '괜찮아'이다. 굳이 대장부가 되지 않고 찌질한 인간이어도 괜찮다는 것일까.

'잇쇼켄메이(一生懸命)'라는 표현도 있다. 글자 그대로 읽으면 '일생을 걸고' 정도의 비장한 의미인데 실제는 '열심히' 정도의 뜻으로 사용된다. 음독은 같으면서 한자는 '잇쇼켄메이'로 바꿔 쓰는 경우도 있다. 원래는 무사가 오야붕을 위해 목숨 걸고 영지를 지키는 개념이었지만 지금은 한 직장이나 분야에 집중하는 것을 의미한다.

20세기 초 메이지유신 이전까지 일본은 철저한 신분제의 나라였다. 크고 작은 영주와 여러 등급의 사무라이, 일반 평민들로 나뉘어져 있었고 각각의 신분은 세습되었다. '잇쇼켄메이'는 딴생각 하지 말고 하던 일이나 열심히 하라는 무서운 말이기도 하다. 몇 대를 이어오는 메밀국숫집 같은, 가업을 잇는 문화는 뒤집어 말하면 신분 상승의 욕심을 내지 않아야만 살 수 있는 사회에서 비롯되었다. 지금도 그런 분위기가 남아 있다.

정치도 메밀국숫집처럼 패밀리 비즈니스이다. 집권 자민당의 세습의원 비율은 무려 30%를 넘는다. 2017년 8월 출범한 내각의 20명 가운데 13명이 세습의원이다.

고려시대 최충헌의 노비였던 만적은 "왕후장상의 씨가 따로 있겠느냐"라며 신분제 타도를 내걸고 난을 일으킨다. 일본에서는 이런 경우가 거의 없다. 임진왜란 이후 재편성된 일본의 지배 구조는 거의 4백 년 만에야 바뀐다. 20세기 초 본토의 남쪽 끝 조슈번 출신 하급무사들이 구체제를 타도하고 메이지유신의 주역이 된다. 부산과는 관부연락선으로 연결되던 곳이다.

이토 히로부미와 2, 3대 조선통감 그리고 1, 2대 조선총독 등 1905년부터 1919년까지 조선을 통치한 일본인들은 모두 조슈번 출신 하급무사들이다. 이곳 출신들에게는 '서울에 남겨둔 꿈(漢城之殘夢)'이 있다고 한다. "일본에게 조선은 빼앗길 수도 없고 빼앗겨서도 안 되는" 꿈이다. 일본 1만 엔권의 모델인 후쿠자와 유키치의 말이다.

그렇게 형성된 일본의 메인 스트림이 지금도 견고하게 유지되고 있는 곳이 일본이다. 아베 총리의 표현을 빌리면 메이지유신 10주년에도 50주년에도 150주년에도 조슈번 출신이 일본 총리를 맡고 있다. 조슈번 출신 총리는 벌써 아홉 명째이다.

현재 한국을 지배하고 있는 메인 스트림은 재벌과 대형 교회, 언론 소유자, 대학 등 사학 소유자, 고급 관료 등이다. 해방 이후부터 계산하면 벌써 75년이다. 4월 총선이 새로운 흐름을 만드는 분수령이 될 수 있을까. 해외에서 한국의 '코로나19' 대응에 찬사를 보내자 한 칼럼니스트는 이렇게 썼다.

"지금이 '모범사례' 운운할 땐가"

2009년 이명박정부의 신종플루, 2015년 박근혜정부의 메르스 사태 때 언론들은 국민들에게 지나친 공포와 불안을 경계하라고 보도했다. 2015년 메르스 때 한국은 세계 2위의 발병국이었고 치사율은 무려 20.4%였다. 그런데, 지금 언론보도는 완전히 정반대이다.

3월 17일 자 〈PD저널〉의 제목은 이렇다.

"일단 때리고 보는 코로나19 보도, '도둑 수정', '유체이탈 반론' 속출"

한국의 코로나 진단키트가 미국식약처 기준에 맞지 않을 수 있다고 해 혼란을 초래했던 홍혜걸은 이런 터무니없는 변명을 한다.

"충분한 사실 확인 전에 먼저 보도할 가치가 있는 뉴스입니다."

정부에 타격을 가하고 자신의 이름을 알릴 수 있다면 나중에 가짜뉴스로 밝혀지더라도 괜찮다는 것일까?

3월 18일 〈오마이뉴스〉는 정부가 코로나 대응을 잘하고 있다는 응답이 58.4%로 6주 전의 55.2%에 비해 증가했다고 보도한다. 6주 전에는 사망자도 없고 확진자는 16명이었는데 비해 17일은 확진자가 8,320명으로 무려 520배가 늘었고, 한 명도 없던 사망자는 81명이나 되었는데도 그렇다.

(2020년 3월 18일)

미적대지 말고 적극적으로 돈 풀어야,
위기 극복 뒤엔 기회 온다

1944년 7월, 44개국 경제관료들이 미국 뉴햄프셔주 브레턴우즈에 모였다. 2차 세계대전 이후의 세계 경제 및 금융 시스템을 논의하기 위한 자리였다. 영국 대표는 경제학의 3대 천재로 불리는, 미국 대공황 탈출의 논리적 배경을 제공했던 케인즈였다. 케인즈는 주식 투자에서 큰 돈을 번, 몇 명 안되는 경제학자 중 한 명이다. 책상물림이 아니라 실물경제에도 밝았다는 뜻이다.

케인즈는 브레턴우즈에서 금에 의존하지 않는 새로운 국제통화 방코르(Bancor)를 만들고 세계중앙은행을 만들자고 제안하지만 미국은 이를 단호히 거부했다. 미국이 기축통화로서의 달러를 포기하지 않았던 것이다.

"돈의 가치를 담보하는 금이 미국에 집중되어 있으니 달러가 기축통화가 되어야 한다"는 것이 미국의 주장이었다. 1971년 미국 닉슨 대통령은 이제 달러를 가져와도 금으로 안 바꿔준다는 이른바 '불태환선언'을 해버린다. 금으로 바꿔주겠다고 해서 달러를 믿었는데 그 약속조차 없어지면서 1971년 이후 달러는 다른 나라 화폐와 똑같은 '인쇄된 종이'에 불과하게 된다.

그래도 미국 달러는 힘이 세다. 아니 미국이 힘이 센 것이다. 한미 간 통화스와프협정에서 보듯 지금도 세계는 달러를 확보하기 위한 경쟁이 뜨겁다. 북한 돈과 마찬가지로 달러도 종이에 인쇄한 것에 불과하지만 다른 나라에서는 자국화폐와 같이 그것을 상품으로 교환해준다.

미국 돈 100달러의 인쇄비용은 1달러도 채 되지 않겠지만 한국에서는 인쇄비용이 아니라 적혀있는 금액 그대로인 10만 2천 원어치 물건을 살 수 있다. 발행비용과 교환비용의 차이에서 오는 화폐발행 주체의 이익을 세뇨리지 효과(seigniorage effect)라고 한다. 문제는 승전국인 미국이 전 세계에서 그 효과를 독점하고 있다는 것이다. 아무리 달러를 많이 발행해도 자국에 인플레이션이 없는 시스템을, 1944년 미국은 브레튼 우즈에서 만든 것이다. 그렇게 보면 2차 세계대전은 '팍스 아메리카나(Pax Americana)'로 가는 길이었던 것 같다.

그런 미국이 경기부양을 위해 2조 2천억 달러(우리 돈 2천7백조 원)을 푼다고 한다. 부럽다는 생각이 절로 든다. 그 이유는 첫째, 최근까지 트럼프 대통령 탄핵을 추진했던 민주당과 합의한, 여야 만장일치라는 점이다. 둘째로 부러운 것은 인플레이션 걱정이나 국가 부채 걱정을 크게 안 해도 된다는 점이다.

구한말 대원군은 왕권강화를 위해 1865년 경복궁 중건에 착수했다. 처음에는 양반들의 자발적 기부금으로 시작했지만 공사비에는 태부족이었다. 그래서 대원군은 이른바 '당백전 (當百錢)'을 발행한다. "땡전 한 푼 없다"는 말의 유래도 '당백 전'에서 나왔다. 당시 유통되던 상평통보가 1천만 냥 정도였 는데 대원군은 기존통화량의 1.6배인 1천6백만 냥의 당백전 을 발행했다고 전해진다. 당연히 물가가 폭등하고 쌀 한 섬의 가격이 6~7배 뛰었다. 전형적인 하이퍼 인플레이션이다.

1차 세계대전 이후의 독일도 그랬다. 화폐 발행량을 늘리 면서 1마르크 정도였던 빵 한 덩이가 1823년에는 1천억 마 르크로 올랐고 노동자 임금도 오전, 오후가 달라질 정도였다. 이런 불만들이 쌓여 2차 세계대전의 계기가 되었다.

'코로나19'의 가장 큰 문제는 전 산업을 마비시킨다는 점 이다. 사태가 수습될 때까지 기업이나 개인 모두 어떻게 해서 든 버텨야만 하는 것이다. 모두가 버티고 살아남을 수 있도록 돈을 지원해 '유동성의 위기'를 넘기도록 지원하는 게 국가의 역할이다. 그 이유 때문에 국가라는 공동체가 필요한 것이고 그 공동체를 위해 세금을 내왔던 것이다. 트럼프 대통령의 이 야기처럼 모든 수단을 동원해야 하는 전시상황이다. 그나마 한국은 아주 나은 편이다.

3월 25일 자 〈중앙일보〉의 기사 제목은 이렇다.

"미적대지 말고 적극 돈 풀어야, 위기 극복 뒤엔 기회 온다"

글을 쓴 사람은 신문사 소속이 아닌 외부기고자로, 외환은 행 매각으로 한때 뉴스의 중심에 섰던 기획재정부의 변양호 전 국장이었다. 지금은 보고펀드의 대표인 그는 한국이 어느 나라보다 유리한 위치에 있다고 말한다. 또한, 한국은 최고의 방역 능력을 가지고 있고, 재정은 어느 나라보다도 건전하고 공동체 구성원으로서의 시민의식도 최고 수준이라고 표현한다. 어려운 사람들을 생각한 경기부양과 생존을 위한 자금 지원은 빠르면 빠를수록, 많으면 많을수록 좋을 것이다. 혈세, 마지노선 운운하며 총선의 이해득실을 따질 때가 아니라고 칼럼은 말한다. 2019년 10월 OECD 국가의 국가 부채비율을 보면 일본이 237%, 미국 104%, 프랑스 98%, 영국 86%, 독일 61%이다. 한국은 38%로 가장 양호한 수준이다.

(2020년 3월 27일)

G20 화상회의의 경제적 효과
보도는 왜 없을까

2010년 11월 서울에서는 G20 정상회의가 개최되었다. 당시 이명박 대통령은 라디오 연설에서 "G20의 경제적 효과가 30조 원이고, 홍보 효과는 월드컵의 네 배라는 전망도 나왔다"라며 자랑했었다. 이 같은 주장은 당연히 모든 언론을 통해 대서특필되었다. 무역협회 산하의 국제무역연구원은 G20 정상회의 결과로 국제공조가 성공한다면 450조 원 이상의 경제효과가 있을 것이라고 추산했고 삼성경제연구소도 21조 원에서 24조 원의 효과가 있을 것으로 추정했다. 국제무역연구원의 계산대로라면 우리 국민 전부가 6개월간 아무 일을 하지 않아도 놀고 먹을 수 있는 규모였다.

이 추산의 근거는 대부분 국가 브랜드 이미지 제고와 이에 따른 수출증대 효과이다. 쉽게 말하면 희망사항일 뿐이라는 말이다. 그래도 대형 이벤트마다 경제적 효과 기사가 빠지지 않는 이유는 대통령에게 잘 보이고 국민들에게 실적을 과시하기 위한 것이었다.

최근처럼 한국이 세계로부터 주목을 받은 적이 단군 이래 있었을까? 외국 언론들의 보도처럼 유일하게 경제활동을 중단하지 않고 코로나19를 이겨내고 있는 국가는 전 세계에서 한국뿐이다.

무려 117개 국가가 진단 키트 같은 방역물품 지원을 한국에 요청하고 있다. 미국 트럼프 대통령도 "한국이 굉장히 잘 대응하고 있다"라며, 미국의 코로나19 대처를 위해 의료장비 지원을 요청했다. 재택근무 중인 트뤼도 캐나다 총리도 문재인 대통령에게 "과학에 기반하고, 메르스 때의 경험을 살린 한국의 대응은 국민 안전에 성과를 내고 있으면서도 의료체계에 지나친 부담을 주지 않고 있다"라며 "캐나다도 한국과 비슷한 모델로 가려한다"라고 밝혔다.

마이크로소프트의 빌 게이츠도 한국을 배워야 한다고 말한다. 빌 게이츠는 ICT 전문가이지만 이미 2015년 "넥스트 팬데믹을 조심하지 않으면 백만 명이 죽는다"라고 경고한 바 있다.

『사피엔스』의 저자 유발 하라리도 코로나19 위기의 성공 사례로 한국을 꼽고 있다. 하라리는 한국의 강점으로 광범위한 검사와 투명한 자료 공개, 시민 협력 등을 언급하면서 근거 없는 음모론이나 자기 잇속만 차리려는 정치인보다 과학적 자료와 의료 전문가를 신뢰해야 한다고 지적한다.

10년 전 G20 회의는 대륙별로 돌아가면서 장소가 결정된 것이다. 한국 외교의 승리가 아니라 그냥 한국이 담당할 차례였다. 화상회의이긴 하지만 이번 G20 정상회의는 한국정부가 주도적으로 나서서 성사시켰고 다들 한국에 한 수 배우려 했

다는 점이 그때와는 완전히 다르다. 근데 국제무역연구원이
나 삼성경제연구소, 언론들은 왜 이번에는 경제적 효과 운운
하지 않는 것일까? 세계 각국의 국민들이 한국에 대해 느끼는
이미지는 그때와는 비교도 되지 않을 정도로 높아지고 있는
데도 그렇다.

다음은 최근 한 인터넷 사이트에서 재미로 뽑은, 트럼프 대
통령과 문재인 대통령의 26일 통화 이후에 나올 것으로 예상
한 한국 언론 보도 제목들이다. 여태까지의 행태로 보면 이런
기사도 충분히 쓰지 않겠느냐는 조롱이다.

"우리도 모자라는데 또 퍼주기?", "대구를 죽이고 뉴욕을
살릴 텐가?", "문 대통령, 미국 지원용 장비 미리 빼돌려…",
"방위비 6조 원 내라는데 배알 없이 최대한 지원하겠다는 현
정부", "아직 상황종료 아닌데 대통령은 인기관리만", "북풍
아닌 미풍… 미국발 총선개입작전 시작됐나?", "문 대통령, 미
FDA에 무리한 요구… 사실상 주권 침해", "문 대통령, 미 FDA
프로세스 전혀 몰라", "알고 보니 마스크만 지원 요청… 마스
크가 의료장비로 둔갑", "긴급상황에도 겨우 23분 통화… 통
역 감안하면 불과 10여 분… 한미동맹 흔들리나"

(2020년 3월 28일)

'공정'은 '공정'하지 않다

김난도의 『트렌드 코리아 2020』에는 이런 일화가 나온다. 아침 등교 시간 서울대입구역에서 서울대로 가는 셔틀버스의 기사는 승차 시간을 줄이기 위해 뒷문을 열고 뒷문으로 타도 괜찮다고 외친다. 하지만 길게 줄을 서 있는 학생 누구도 뒷문으로 타지 않는다. 아니, 타지 못한다. 기사 입장에서는 효율일지 모르지만 학생들 입장에서는 '운'에 좌우되는 뒷문 승차는 새치기이며 '공정'하지 않다는 것이다. 이처럼 한국의 청년세대는 '자격 없는' 이들에게 기회가 돌아가는 것은 '공정'하지 않다고 느끼고 분노한다.

'공정(fairness)'은 '평등(equality)'과는 다른 개념이다. '공정'은 결과를 만들어내는 과정의 정당성과 비례에 관련되는 개념이다. 그래서 심판이 경기에 직접 뛰어들거나 특정 팀에만 우호적인 판정을 하면 당연히 '공정'하지 않은 것이다.

기존 엘리트들의 '공정'은 청년세대와 같은 용어를 쓰더라도 개념은 완전히 다른 것 같다. 〈베테랑〉에 나오는 조국일보 주필의 대사처럼 그들은 '개돼지'와는 다르다고 생각한다. 그들은 같은 편에게는 관대하고 상대에게는 가혹한 것을 '공정'

이라고 생각하는 듯 하다. 조지 오웰은 『동물농장』에서 그걸 비틀어 이렇게 표현한다.

"모든 동물은 평등하다. 그러나 어떤 동물은 다른 동물들보다 더 평등하다."

조국 가족에 대한 검증만큼 다른 사람들, 예를 들면 나경원 가족이나 윤석렬 가족에 대한 검증도 같은 강도로 이루어지는 것이 평균적 상식으로는 '공정'이다. 하지만 한국 기득권층이나 수사권력을 쥐고 있는 쪽은 법조계의 카르텔을 다룬 김두식 교수 책 제목대로 『불멸의 신성가족』에 대해 특히 더 관대한 모습이다. 그렇게 되지 않도록 '공정'을 촉구하는 기사를 쓰는 것이 '공정 언론'이다. 하지만 대부분의 언론들은 이런 상식은 가볍게 무시하는 것 같다. 이미 결정되어 있는 회사의 논조(업계 용어로는 야마)에 맞춰 사실이나 근거를 찾고 이를 토대로 기사를 쓰는 것처럼만 보인다. 비판을 해야하는데 맥락이 맞지 않으면 맥락 따위는 과감히 무시한다.

3월 26일 국제신용평가기관인 무디스는 '코로나19'의 충격으로 20년 한국 경제성장률 전망을 0.1%로 조정, 발표한다. 이와 관련한 당시 신문들의 제목은 다음과 같다.

"韓 올해 성장률 0.1% 그칠 것"… 무디스, 3주 안 돼 또다시 낮춰", "2.1 → 1.4 → 0.1%'… 무디스, 올 한국 경제성장률 또다시 낮춰", "무디스, 코로나19 전례 없는 충격… 올 韓성장률 0.1% 전망"

하지만 그 0.1%가 OECD 국가 중 그래도 유일한 플러스 성장률이라는 이야기는 잘 하지 않는다. 무디스의 발표에 따르면 다른 나라의 경제성장률은 미국이 −2.0%, 일본이 −2.4%, 독일이 −3%, 영국이 −2.6% 이다.

한 인터넷 사이트에서는 한국의 중범죄 순서를 아예 이렇게 노골적으로 풍자한다.

사립대 표창장 수령 > 1급 마약 밀반입 > 음주운전 인사 사고 > 국회 내 폭력감금 > 검사의 수사문서 공문서 위조 > 군부 쿠데타. 가장 무거운 죄가 사립대 표창장 위조라는 것이다. 농담이라고 웃어넘길 수만은 없는 게 현실이다. '공정'의 개념이 흔들리는, 그래서 '공정'을 찾기가 정말 어려운 세상이다. '공적 이익'을 말하면 바보가 되는, '사적 이익' 추구가 '능력'의 척도가 되는 것 같은 요즈음이다.

'발설지옥(拔舌地獄)'이라는 것이 있다. 말로 죄를 지은 사람이 죽은 뒤 가는 불교적 개념의 지옥이다. 죄인의 혀를 길게 뽑아 소가 그 위에서 쟁기를 끄는 고통을 준다고 한다. 요즘 한자리하는 사람들 가운데 불교신자가 줄고 있는 것은 혹시 발설지옥이 두려워서가 아닐까? (2020년 4월 5일)

광주 무등산 노무현길

2004년 17대 총선 때 나는 당시 여당과 야당에서 동시에 출마제의를 받았다. 집안의 반대를 핑계로 모두 거절했지만 차마 후안흑심(厚顏黑心)이 되지 못하는 성정이 더 큰 이유였을 것이다. 그때 총선 일자도 올해와 같은 4월 15일이었다. 노무현 대통령의 탄핵에 대한 헌법재판소 결정이 있기 한 달 전이었다.

그해 4월 초쯤 지금도 이름만 대면 누구라도 알 만한 사람에게 물었다.

"선거 끝나면 바로 헌재 기각 결정이 나겠죠."

"모릅니다. 총선 결과에 따라 결정될 것 같습니다."

도저히 이해가 되지 않는 황당한 답변이었다. 과속 한 번이나 무단횡단을 했다고 곧바로 운전면허를 취소하지는 않는다. 위법 내용과 처벌 간에는 합당한 비례가 적용되어야 하기 때문이다.

그것은 '눈에는 눈, 이에는 이'로 유명한 함무라비 왕 때부터 법적 원칙이다. 내 이가 부러졌다고 상대의 목숨을 뺏어서는 안 된다는 것이다.

2004년 노무현 대통령은 기자회견에서 "국민이 열린우리당을 지지해 줄 것으로 믿는다"라고 발언했다는 이유로 야당이 절대다수를 차지하고 있던 국회에서 탄핵 소추가 결정되었다. 나는 그 발언이 부적절하고, 설령 공직선거법 위반 소지가 있었다고 하더라도 당장 대통령직에서 내쫓길 만한 위법행위라고는 생각하지 않았다. 숱한 부정선거와 매표행위를 해온 역대 독재정권들도 있었는데. 근데 내 생각이 정말 순진했다는 것을 최근 다른 자료에서 확인했다.

2017년 〈월간조선〉 1월호에 실린 헌법학자의 인터뷰 내용이다.

"국회 표결 결과와 탄핵 찬성 지지를 거스를 만한 특별한 사유를 발견하지 않는 한 헌재는 국회의 결정을 따르는 것이 맞다. 왜냐하면 우리나라의 탄핵재판에 일부 사법재판의 요소를 가미했지만, 기본적으로는 정치재판이기 때문이다."

대통령 탄핵은 유무죄를 다투는 사법재판이 아니라 국회가 그렇게 결정하면 따르는 것이 맞는 정치재판이라는 게 인터뷰의 요지다.

채널A 기자의 녹취록 관련이 최근 화제다.

'여권, 일제히 검찰 때리기'라는 제목의 기사나 '채널A 기자에게 접근했던 친여 브로커, 그는 제보자 X였다'라는 기사도 있다. 사기 전과가 있다고 제보를 깎아내리는 내용도 보인다. 녹취록상 기자의 발언 첫 부분은 이렇다.

"사실이 아니어도 좋다. 당신이 살려면 유시민에게 돈을 주었다고 해라. 그러면 그것으로 끝이다. 그다음은 우리가 알아서 한다. 우리 방송에 특종으로 띄우면 모든 신문과 방송이 따라서 쓰고 온 나라가 발칵 뒤집어진다. … 눈 딱 감고 유시민에게 돈을 건네 줬다고 한마디만 해라. 그다음은 우리가 준비한 시나리오대로 하시면 된다. 검찰에 고소할 사람은 우리가 미리 준비해 뒀다. 우리는 지체 없이 유시민의 집과 가족을 털고 이사장을 맡고 있는 노무현재단도 압수수색 한다."

이 내용이 설령 사실이라도 제보자가 사기 전과가 있으면 문제가 안 되는 것인가? 도둑의 물건을 훔쳐도 절도죄에 해당된다. 그는 혹은 그들은 총선 결과에 따라 어떤 큰 그림을 생각하고 있었을까? 문재인 대통령 탄핵 청원이 146만에 이르고 야당 원내대표까지 총선 후 원내 제1당이 되면 탄핵을 추진하겠다고 이야기한 적도 있었다.

무등산국립공원에는 '노무현길'이 있다. 1999년 4월 당시 노무현 의원은 광주의 한 특강 뒤풀이 자리에서 '광주시민 여러분들이 대통령을 만들어주시면 무등산에 오르겠다'라는 약속을 한다.

그리고 2007년 5.18 기념식 참석 다음 날 현직 대통령으로는 최초로 무등산을 오른다. 우리 사회 비주류 가운데서도 또 비주류였던 그의 삶과 죽음은 늘 '아기장수' 이야기를 생각나게 한다.

미천한 혈통으로 태어난 '아기장수'는 세상을 바꾸려다 기득권층에 날개를 꺾이고 비참한 죽음을 맞이하곤 했다. '노무현길'을 걸어 '증심사(證心寺)' 올라 가는 길에는 화창한 이 봄, 아직도 사쿠라가 한창이었다. (2020년 4월 4일)

스핀 오프(spin off)와
견지망월(見指忘月)

4월 7일 부산지역 선거대책위원회 회의에서의 이해찬 민주당 대표의 발언과 관련한 〈한겨레신문〉을 요약한 내용은 이렇다.

"전국을 다녀보면 제일 절실하게 요구하는 것이 공공기관 지방 이전이다. 참여정부 때 공공기관을 지방으로 이전한 이후에 서울과 경기도 대도시에 적어도 300개 가까이 공공기관이 생겼다. 총선이 끝나는 대로 지역과 협의해 공공기관 이전 정책을 확정하겠다. 부산은 공공기관이 가장 잘 정착된 모범적인 지역이다."

이해찬 대표의 부산발언에 대한 보도 프레임은 대체로 두 가지 정도인 것 같다. 첫째는 '지역 표'를 의식한 선거용 립서비스라는 것이다.

"총선 8일 앞 '공공기관 추가 이전' 카드 꺼낸 與", "與, 선거 막판 또 '공공기관 이전 카드'"

하지만 실제 표에 도움이 되는지는 누구도 알 수 없다. 참여정부 시절 모든 지역의 정치인과 지역 언론들이 우리 떡보다 다른 지역의 떡이 커 보인다고 대통령을 비난했었다. 물론 수도권의 반발도 있었다. 당장 인천 시민사회단체들은 인천에 있는 '항공안전기술원'과 '극지연구소'를 부산으로 뺏길 수 있다고 반발하고 있다. 부산 출신으로 인천에서 출마한 정의당 이정미 의원조차도 부산으로의 이전은 절대불가라고 나설 정도이다.

둘째는 전혀 뜻밖의 프레임인데, 이 대표가 와서 부산이 초라한 곳이라고 표현했다는 것에 초점을 맞춘 기사이다. 한 신문의 기사 제목은 이렇다.

'부산 온 이해찬 "부산 왜 이렇게 초라할까?" 발언 파장'

부산은 초라하지 않으니까 공공기관 이전이 필요 없다는 의미일까? 의도적으로 이렇게 썼다면 대단한 스핀 오프(spin off)이자 달 대신 손가락으로 시선을 돌리려는 견지망월(見指忘月)처럼 보인다. 부산이 초라하지 않고 잘나갈 것 같으면 공공기관 이전 이야기를 할 필요도 없다. 그나마 삼성자동차 설립, 증권거래소 이전, 북항 재개발 추진, 블록체인 특구 지정 등이 진보계열 정권에서 이루어진 것들이다. 민주당 쪽 진영이 그래도 지역균형발전에 대해서는 조금 더 고민을 해왔다. 경제정책의 결정은 사실은 고도의 정치적 행위이다. 재난기본소득을 결정하는 과정에서 우리는 익히 그것을 보아 왔다.

공공기관 이전에도 불구하고 벌써 수도권 인구는 한국인구의 절반을 넘는다. 그 비율이 앞으로 낮아지지는 않을 것이다. 공공기관 이전 도시 중 성공사례를 두 개만 꼽는다면 나는 부산과 나주의 경우를 들겠다. 부산은 대도시에 이전기관을 유치해 시너지를 내면서 이전기관 직원들의 정착을 이끌었다. 나주에는 광주시의 대승적 양보에 힘입어 '광주전남 공동혁신도시'가 조성되었다.

그래서 휑한 들판에 건물 몇 개만 우뚝 선 '혁신도시'가 아니라 그 자체가 하나의 타운이 될 수 있는 규모가 가능해졌다. 그럼에도 불구하고 아침 방송에 송출되는 지역 광고는 대부분 장례식장 광고이다. 화려해보이는 빌딩 화장실에도 '빈집 정리, 유품정리, 폐기물 처리' 업자의 스티커가 붙어 있다.

(2020년 4월 7일)

KBS광주의 혁명적 실험

지방자치단체장선거가 시작된 것은 1995년으로, 벌써 30년 가까운 시간이 지났다. 그럼에도 부산에서도, 대구에서도, 광주에서도, 서울시장 후보 토론회 시청률이 부산시장, 대구시장, 광주시장 후보들 간의 토론 프로그램 시청률보다 훨씬 높게 나온다. 지역사람들조차 서울에 대한 관심이 더 높은 것이다. 서울지하철노조가 파업을 예고하면 서울 지하철과 관계없는 다른 모든 지역에까지 지하철 파업 관련 기사가 톱 뉴스로 보도된다.

그런데 외국은 완전히 다르다. 영국의 예를 들자면 전국적 가치가 있는 뉴스를 먼저 방송하고 런던을 비롯한 수도권 뉴스에서 런던 지하철 파업과 관련한 내용을 다룬다.

한국에서 처음 방송이 시작된 것은 1927년 서울에 '경성방송국'이 개국하면서부터였다. 조선인들을 위한 것이 아니라 일제의 통치이념을 보다 효율적으로 전파하기 위해서였다. 1945년 해방 이후에도 지역방송국은 서울의 소식을 잘 전달하는 것이 주목적이었다. 지역의 관점이 아니라 중앙의 관점에서 정보를 유포하는 것이 중요했다는 의미이다. 그래서 지상파에서 지역뉴스는 중앙뉴스 말미에 방영되는 것이 일반적인 형태였다. 지역뉴스 가운데 서울을 통해 전국으로 방송되는 뉴스는 지역에서 대형사고나 엽기적인 사고가 대부분이었다. 지역은 시끄럽고 열등한 곳으로 '저 동네는 왜 늘 저래' 하는 식의 차별적 이미지가 만들어져 왔던 것이다.

그런 의미에서 KBS광주의 저녁 뉴스 프로그램은 매우 주목할 만하다. KBS광주는 2월부터 매주 월요일에서 목요일까지 4일간 저녁 7시부터 40분 동안 로컬존을 편성해서 뉴스 프로그램을 내보내고 있다. 지역에서도 방영될 가치가 있는 중앙뉴스나 다른 지역의 뉴스는 파일로 받아 지역적 관점에서 순서를 배열한다. 서울에서 서울사람 위주로 뉴스 순서를 정하고 보도하는 부분을 지역적 관점에서 지역이 편집하는 것이다. 서울 지하철 파업보다는 광주의 미담 기사 한 꼭지가 더 중요하게 방송될 수도 있다는 뜻이기도 하다. 지역적 관점에서 대한민국의 하루를 정리하는 것이다.

사실 이같은 사례는 일본에도 이미 있다. 일본 민방의 경우 아침 와이드 정보 프로그램을 이렇게 방송하고 있다. 일본에는 다섯 개 네트워크별로 독자적인 뉴스 네트워크가 있다. 니혼테레비의 경우 각 지역의 방송사들이 분담해 'NNN(Nippon News Network)'이라는 뉴스 네트워크를 만들고 지역방송사들은 NNN으로부터 일본 전역 뉴스나 국제뉴스, 스포츠뉴스 등을 제공받는다. 지역들은 이렇게 받은 소스로 아침 와이드 프로그램에 지역의 MC들을 출연시켜 지역의 입장에서 종합 뉴스 프로그램을 만들어 방송한다. 일본의 방송 시스템은 한국과는 다르다. 민방의 경우 도쿄 소재의 방송사는 한국처럼 지역방송의 인사와 편성을 지배하지 못한다. 지역방송사들의 자율권이 한국보다 훨씬 높다는 것이다.

KBS는 법상 단일조직으로 전국이 하나의 회사이다. 그래서 광주지역 어떤 시민이 명예훼손으로 정정방송을 청구하거나 소송을 하면 그 문서가 서울의 KBS 사장에게 가는 구조다. 그런 의미에서 KBS 광주방송총국의 저녁뉴스 편성은 100년 가까운 한국방송사에서 가장 혁명적인 실험이라고 해도 과언이 아니다. 한정된 인원으로 매일 40분씩 방송하는 것도 결코 쉬운 일이 아니다.

KBS광주 보도국장에게 물었다.

"반응은 어떤가요?"

"시청률이 11% 정도 나옵니다. 예전보다 2~3% 높아졌습니다."

시청률 11%는 엄청난 수준이다. 시청자들이 파편화되면서 엄청난 돈을 돈을 쏟아붓고도 1%의 시청률도 나오지 않는 지상파 드라마 시리즈도 있는 마당에.

온 국민의 관심이 집중되었던 4월 15일, 저녁 7시부터 9시까지의 서울지역 각 방송사 개표방송 시청률은 다음과 같다.

KBS1 7.43%, SBS 7.29%, MBC 6.65%, TV조선 3.07%,

JTBC 1.8%, MBN 1.5%, 채널A 0.99%.

KBS광주의 실험은 이제 전국으로 확대되고 있다. 부산, 경남, 대전충남, 충북, 전북 등 아홉 개 총국이 이 같은 형식으로 저녁뉴스를 송출한다고 한다. (2020년 4월 19일)

고인돌에서 인공지능까지

초판 1쇄 발행 2020년 9월 10일
　　2쇄 발행 2020년 9월 25일

지은이 김석환
펴낸이 강수걸
편집장 권경옥
편집 박정은 윤은미 강나래 김해림 최예빈
디자인 권문경 조은비
펴낸곳 산지니
등록 2005년 2월 7일 제333-3370000251002005000001호
주소 부산시 해운대구 수영강변대로 140 BCC 613호
전화 051-504-7070 | 팩스 051-507-7543
홈페이지 www.sanzinibook.com
전자우편 sanzini@sanzinibook.com
블로그 http://sanzinibook.tistory.com

ISBN 978-89-6545-671-1 03810